Catherine Hapka

Dolphin Dreams
Ein Traum wird wahr

Alle Abenteuer von **Dolphin Dreams**:

Band 1: Ein einzigartiger Sommer
Band 2: Ein Freund für immer
Band 3: Ein Traum wird wahr

Catherine Hapka

Dolphin Dreams

Ein Traum wird wahr

Aus dem Amerikanischen übersetzt
von Ulrich Thiele

Loewe

FSC
www.fsc.org
MIX
Papier aus verantwortungsvollen Quellen
FSC® C014496

ISBN 978-3-7432-0242-9
1. Auflage 2018
erschienen 2018 unter dem Originaltitel *Dolphin Summer* bei Scholastic INC.

Published by arrangement with SCHOLASTIC INC., 557 Broadway, New York, NY 10012 USA
Dieses Werk wurde vermittelt durch die Literarische Agentur Thomas Schlück GmbH, 30827 Garbsen.

Aus dem Amerikanischen übersetzt von Ulrich Thiele
Umschlagfotos: © Denis Belitsky/Shutterstock.com, © Daniel Doerfler/Shutterstock.com, © Willyam Bradberry/Shutterstock.com
Umschlaggestaltung: Ramona Karl
Printed in Germany

www.loewe-verlag.de

1

Seit ich denken konnte, fand ich Delfine einfach nur magisch. Wie verspielt sie waren, und wie mühelos diese eleganten Wesen durch die Wellen flitzten und sprangen … sie waren absolut wundervoll. Ich wollte immer nur in ihrer Nähe sein, denn vielleicht würden sie mir ein bisschen was von ihrem Zauber abgeben. Und streng genommen wohnte ich sogar auf einer Insel – aber rund um New York City schwammen leider kaum Delfine.

»Echt schade, dass es im Aquarium keine Delfine mehr gibt«, murmelte ich seufzend. Auf das Geländer gelehnt beobachtete ich ein Walross, das träge hin und her glitt. Es war ein Riesentier, und wenn es auf die künstlichen Felsen in seinem Gehege watschelte, wirkte es ziemlich tollpatschig. Im Wasser jedoch bewegte es sich geschickt und elegant. Allerdings weniger elegant als die Haie im Becken gegenüber oder die Otter nebenan und längst nicht so anmutig wie ein Delfin.

Dass es im Aquarium keine Delfine mehr gab, konnte mich natürlich nicht davon abhalten, trotzdem so oft wie möglich hinzufahren. Es gab noch so viele andere interessante Tiere zu sehen: Seelöwen und Pinguine, Aale, Haie und Rochen … Delfine waren meine Lieblinge, aber ich hatte alle Meeresbewohner ins Herz geschlossen. Wenn ich groß war, wollte ich Meeresbiologin werden. Auch wenn sich alle wunderten, wie sich ein ganz normales Mädchen aus Brooklyn so einen Unsinn in den Kopf setzen konnte.

Das Walross guckte aus dem Wasser und blickte sich um. In seinem struppigen Bart hingen Tropfen, und ich grinste über seinen komischen Gesichtsausdruck. Im nächsten Moment vibrierte das Handy in der Tasche meiner Shorts.

Es war eine Nachricht von meiner Freundin Julia.

Hey Lily! Alles klar bei dir? Heute haben wir im See einen Frosch gesehen, da mussten wir an dich denken. Das heißt, Amber hat eigentlich nur noch gekreischt. ☺ ☺

»Er heißt Archie«, sagte eine Jungenstimme neben mir.

Ich zuckte zusammen. Ich hatte mich so sehr auf Julias Nachricht konzentriert, dass ich ihn nicht bemerkt hatte.

»Kennen wir uns?«, platzte ich heraus und wich einen Schritt zurück.

»Entschuldigung.« Der Junge deutete mit einer lässigen Bewegung auf mein Handy. »Ich wollte dich nicht erschrecken. Ich, äh … ich dachte, du guckst vielleicht Infos über das Walross nach.« Seine braunen Augen zuckten zum Display, dann blickte er mich wieder ernst an. »Und das Walross heißt eben Archie. Das ist eine Abkürzung für Archibald.«

»Ach so.« Verwirrt musterte ich den Jungen, der etwa in meinem Alter war, also ungefähr zwölf. Er hatte kurze schwarze Haare, trug kakifarbene Stoffshorts und ein Kurzarmhemd – das fand ich ein bisschen seltsam. In meiner Gegend liefen die meisten Jungs den ganzen Sommer in Jeans oder Sporthose und T-Shirt herum.

Ich überlegte gerade, was ich noch sagen könnte, da eilte eine Frau herbei. Auch sie trug eine kurze Kakihose, und auf dem blütenweißen Schildchen an ihrer Brusttasche stand: Susan – Verantwortliche für die Wasserqualität. Ich hatte sie schon ein oder zwei Mal im Aquarium gesehen, aber nie von so Nahem, dass ich ihr Namensschildchen hätte entziffern können. Ihr Gesicht sah ich auch zum ersten Mal aus der Nähe. Im Moment wirkte sie ungeduldig und griesgrämig.

»Du da«, stieß sie hervor und deutete auf den Jungen. »Im Labor warten sie auf dich. Was treibst du dich hier draußen herum?« Jetzt zielte ihr misstrauischer Blick auf mich, als hätte ich den Jungen absichtlich abgelenkt.

»Entschuldigung«, murmelte er. Er sah mich noch einmal kurz an und verschwand dann schnell um die Ecke hinterm Souvenirladen.

Ohne mich noch eines Blickes zu würdigen, marschierte die Frau zurück zu den Ottern. Ich beobachtete sie unauffällig, denn ich war neugierig auf ihre Arbeit. Sie nahm ein paar Plastikflaschen aus einem Eimer und schöpfte damit Wasser aus dem Becken.

»Wen haben wir denn da?« Eine tiefe, raue Stimme riss mich aus meiner Hypnose. »Miss Giordano!«

Diesmal wusste ich sofort, wer es war: Eddy aus dem Souvenirladen. Schon bei meinem allerersten Besuch im Aquarium hatte er dort hinter der Kasse gestanden.

Als ich mich umdrehte, lächelte er mich mit seinen schiefen Zähnen an, und ich lächelte zurück. Eddy erinnerte mich immer an Grandpa Rocco, der vor einem Jahr gestorben war. Dabei hatten die beiden auf den ersten Blick kaum etwas gemeinsam: Eddy war groß und schwarz und redete viel, Grandpa Rocco war klein und weiß gewesen und hatte meistens geschwiegen. Aber wenn ich Eddy sah, mit den Lachfältchen um seine Augen und seinem ganz speziellen Lachen, freute ich mich immer, und das war bei Grandpa genauso gewesen.

Eddy lehnte jetzt neben mir auf dem Geländer und schaute zu, wie Archie seine Runden durchs Becken drehte. »Ich habe übrigens mitgekriegt, wie du mit dem Jungen geflirtet hast, Lily«, sagte er kichernd und schwenkte einen Finger mit knubbeligen Knöcheln.

»Wie bitte?« Ich richtete mich auf und schob seine Hand ärgerlich beiseite. »Eddy!«

Er lachte. »Ist doch kein Grund, sich zu schämen. Das ist ein hübscher Junge.«

Ich merkte, wie ich rot wurde, aber gleichzeitig lachen musste. »So ein Quatsch! Ich bin doch erst zwölf. Außerdem kenne ich ihn gar nicht. Er hat mich einfach so angesprochen.« Ich zögerte. Einerseits wollte ich mich nicht weiter veralbern lassen, andererseits war ich neugierig. »Ähm … arbeitet er hier?«

»Ja, er hat vor ein paar Wochen angefangen, zu Beginn der Sommerferien.« Eddy kratzte sich am Kinn. »Er macht ein … wie nennt man das noch … ein Schülerpraktikum drüben im Forschungslabor. Sein Daddy arbeitet da als Biologe, und …«

»Eddy!«, rief Susan, die Wasserexpertin. Sie hatte inzwischen genügend Proben genommen und stapfte nun mit einem Eimer voll gefüllter Flaschen und schmalen Augen auf uns zu. »Hast du nichts zu tun? Als ich das letzte Mal hier war, hast du auch schon Pause gemacht.«

Eddy wich einen Schritt zurück. »'tschuldigung, Ma'am. Ich wollte nur kurz Miss Lily Hallo sagen.« Er zwinkerte mir zu. »Bis bald.«

»Tschüss!« Ich winkte Eddy, während er zum Souvenirladen gleich gegenüber zurückkehrte. Als ich mich umdrehte, stellte ich fest, dass Susan mich misstrauisch anstarrte.

»Bist du allein hier?«, fragte sie. »Wie alt bist du eigentlich?«

»Ich, äh …« Obwohl ich gar nichts falsch gemacht hatte, wurde ich auf einmal nervös und wusste nicht mehr, wohin mit meinen Händen.

In diesem Moment rief jemand meinen Namen. Erleichtert blickte ich zu meiner Retterin hinüber, Nia Watts. Mit großen Schritten lief sie von den Imbissständen zu mir, in jeder Hand ein Eis am Stiel. Nia war über 1,80 Meter groß, dünn wie ein Aal und hatte eine riesige, buschige Afrofrisur. Die Spitzen färbte sie sich immer in den verrücktesten Farben, gerade waren sie neonblau mit etwas Rot und Gelb bei den Ohren.

»Lily! Da bist du ja!« Nia schenkte mir ein lilafarben verschmiertes Eiscremelächeln und drückte mir ein Eis in die Hand. »Noch mal Glück gehabt. Wenn ich auch nur eine Sekunde länger nach dir hätte suchen müssen, hätte ich einfach beide gegessen.«

»Danke.« Ich warf einen kurzen Blick auf Susan, aber die zog sich schon unauffällig zurück und tat dabei so, als müsste sie die Flaschen in ihrem Eimer umsortieren. Endlich ließ meine Nervosität nach, und ich musste ein bisschen grinsen. Wenn man sie nicht kannte, konnte einem Nias auffällige, knallige Art schon etwas Angst einjagen.

Ich aber kannte Nia fast schon mein ganzes Leben lang. Sie war mit meinem ältesten Bruder Ricky zur Schule gegangen, und der war beinahe zwölf Jahre älter als ich. In den vergangenen Jahren hatten meine Eltern sie in den Sommerferien immer als Babysitterin für mich angeheuert, wenn sie beide in der Arbeit waren. Okay, diesen Sommer wäre ich bestimmt auch allein zurechtgekommen – meine Freundin Julia passte seit dem Frühjahr immer nach der Schule schon selbst auf ihre kleine Schwester auf! Aber ich hatte gar nichts dagegen, mit Nia herumzuhängen, und ich war mir ziemlich sicher, dass sie mich genauso gern mochte. Meistens waren wir bei ihr. Sie hatte sich ein Kunstatelier gemietet und bastelte dort seltsame, aber wunderschöne Skulpturen aus Metall und Glas, manchmal auch aus Ton und Federn oder worauf sie eben Lust hatte. Doch ich konnte sie immer wieder überreden, mal eine Pause einzulegen und mit mir eine »Exkursion« zu unternehmen – so nannten wir das. Und am liebsten ging ich natürlich ins Aquarium.

»Mit wem hast du da geredet?«, fragte Nia und schleckte schnell einen Tropfen von ihrem Eis auf, damit er nicht auf ihrem sommerlichen Batikkleid landete.

»Was?« Ich guckte mich um – die Wasserexpertin war nirgends zu sehen. »Ach, ist nicht so wichtig.«

Nia zuckte mit den Schultern. »Auch gut. Sollen wir dann los? Ich muss langsam weitermachen, und du musst doch noch ein bisschen lesen.«

»Stimmt.« Ich wäre viel lieber noch geblieben. »Na gut. Aber danke, dass wir hergefahren sind.«

Lächelnd strubbelte Nia mir durch meine dunklen Haare. »Aber klar. Du weißt doch, ich mag das Aquarium. Ich finde es sehr inspirierend.« Sie grinste. »Vielleicht sollte ich als Nächstes etwas mit Pinguinen machen. Was meinst du?«

»Klingt gut.« Gemeinsam liefen wir zum Ausgang. Nia hatte so lange Beine, dass ich immer zwei schnelle Schritte machen musste, wenn sie einen machte.

Draußen gingen wir zur U-Bahn-Haltestelle an der West 8th Street. Fast alle anderen Leute wollten in die entgegengesetzte Richtung, zum Vergnügungspark und zum Strand auf Coney Island. Teenager waren dorthin unterwegs sowie aufgeregte kleine Kinder, die ihre Eltern oder andere Aufpasser hinter sich herschleiften, und auch viele Pärchen aus munteren alten Damen im Badeanzug und mit Badekappe auf dem Kopf.

Wir stiegen in einen Wagen der U-Bahn-Linie F, in dem nicht besonders viel los war. Hinten fanden wir zwei freie Plätze, und Nia angelte sofort ein zerfleddertes Buch aus ihrem großen Rucksack: *Der Ruf der Wildnis*.

Sie reichte es mir. »Viel Spaß.«

Sekunden später saß sie zurückgelehnt auf ihrem Platz, die Augen geschlossen, Stöpsel in den Ohren, und summte zu einem Song auf ihrem Handy. Ich schlug das Buch an der umgeknickten Ecke auf und seufzte.

Eigentlich fand ich das Buch ziemlich okay. Ja, es gefiel mir sogar ganz gut. Es wäre mir nur lieber gewesen, wenn ich es mir selbst ausgesucht hätte, anstatt es von meinen Eltern aufgedrückt zu bekommen. Die Schule gab uns jedes Jahr eine Leseliste für den Sommer mit, aber das waren im Grunde nur Empfehlungen. Diese Ferien war ich allerdings von meinen Eltern dazu verdonnert worden, alle Bücher auf der Liste zu lesen, denn in der sechsten Klasse hatte ich in Englisch eine 3– im Zeugnis gehabt.

Das ist so unfair, dachte ich, während ich auf die Buchseite starrte, ohne sie wirklich zu sehen. Ich habe die eine Klassenarbeit doch nur vermasselt, weil ich so viel mit meinem Biologieprojekt zu tun hatte. Außerdem, wenn Ozzy mit einer 3 in Englisch nach Hause käme, dann würden meine Eltern eine Party für ihn schmeißen …

Mein Bruder Ozzy war fast siebzehn und kein besonders toller Schüler, aber bei ihm war das halb so wild. Wenn Ozzy mit der Highschool fertig war, würde er sowieso in der Sanitärfirma meines Dads anfangen, genau wie Ricky damals. Mein Dad hatte sogar schon die Aufschrift auf seinem Lieferwagen geändert. Jetzt stand dort *Giordano und Söhne*, dabei war bisher nur ein Sohn richtig mit eingestiegen.

Aber ich … ich hatte es nicht so leicht. Am Ende der fünften Klasse hatte ich einen großen Preis für meinen Aufsatz über den Roman *Insel der blauen Delfine* gewonnen, und seitdem dachte meine ganze Familie, ich müsste auf jeden Fall Englischlehrerin werden. Und wenn ich ihnen noch so oft erklärte, dass ich Biologie viel lieber mochte …

Bis zu unserer Haltestelle an der Kreuzung von Smith und 9th Street schaffte ich ein halbes Kapitel, doch als wir die rund fünfundzwanzigtausend Stufen vom Bahnsteig zur Straße hinunterstiegen, drifteten meine Gedanken schon wieder ab. Ich dachte an den Jungen im Aquarium. Wäre es nicht cool, in den Ferien dort ein Praktikum zu machen?

»Lily! Hey!«

Die Stimme riss mich aus meinen Gedanken. Eine Dreierbande polterte die Treppe hinauf: Olivia Choi und zwei Freundinnen von ihr, alle aus meiner Klasse. Olivia war eines der beliebtesten Mädchen der Schule und trotzdem nett zu jedermann. Doch ich kannte sie nicht besonders gut, sie wohnte nämlich im schicksten Teil von Park Slope, während mein Zuhause in Carroll Gardens war, auf der anderen Seite des Kanals.

»Hi«, sagte ich zurückhaltend.

Nia blickte eine von Olivias Freundinnen an. »Hey, du bist doch die Schwester von Vanessa! Bei eurer Geburtstagsfeier letztes Jahr haben wir zusammen Siebdruck-Shirts gemacht. Weißt du das noch?«

Das war mal wieder typisch. Nia kannte praktisch jeden in Brooklyn. Oder vielleicht nicht jeden, aber egal wo wir waren, irgendwer lief ihr immer über den Weg.

Das Mädchen nickte begeistert und erwiderte Nias Lächeln. »Ja, das war super. Ich habe immer noch mein selbst bedrucktes T-Shirt, das ist so cool!«

»Freut mich.« Nia grinste. »Und wohin geht die Reise, werte Damen?«

»Zum Straßenfest in Brooklyn Heights.« Olivia sah mich an. »Willst du mitkommen, Lily?«

»Nein, das geht nicht«, erwiderte ich schnell, damit Nia nicht auf die Idee kam, für mich zu antworten. »Ich, äh … ich habe Nia versprochen, dass ich ihr noch bei ihrer Arbeit helfe.«

»Na, dann vielleicht ein andermal.« Olivia lächelte noch einmal, kurz bevor eine ihrer Freundinnen aufkreischte, weil oben ihr Zug angerattert kam. Schon rasten die drei lachend und johlend die Stufen hinauf.

Nia musterte mich und hob eine Augenbraue – diesen Blick kannte ich gut. »Willst du nicht doch mit zum Straßenfest?« Sie grinste. »Ich würde deinen Eltern natürlich erzählen, du hättest brav dein Buch gelesen.«

»Schon gut.« Ich ging weiter die Treppe hinunter. »Ich habe keine Lust, bei der Hitze ewig draußen herumzulaufen.«

Nia bohrte nicht weiter nach, und genau das mochte ich so an ihr. Meine Eltern wären mir immer weiter auf die Nerven gegangen. Sie hätten mich gefragt, ob ich wirklich die ganzen Ferien allein sein wollte, nur weil Julia und Amber weg waren …

Aber Nia lief schweigend neben mir, bis wir zur Brücke

über den Gowanuskanal kamen. »Hey, sollen wir noch ein bisschen Material einkaufen gehen?«, fragte sie und deutete mit dem Kinn auf den riesigen kastenförmigen Baumarkt weiter vorne.

»Muss ich unbedingt mit rein?«, fragte ich.

»Du kannst auch gerne drüben am Wasser warten, kleine Meerjungfrau«, sagte Nia freundlich. »Solange du dein Handy dabei hast.«

Ich zog es hervor. »Habe ich.«

»Gut. Falls du von einem Kidnapper geschnappt wirst, ruf einfach kurz an. Oder nee, schreib mir – dann kann ich mir in Ruhe überlegen, ob ich mir die Mühe mache, dich zu retten.«

Als Nia über den gigantischen Parkplatz zum Eingang eilte, grinste ich immer noch vor mich hin. Nia scherzte ständig über Sachen, die anderen Leuten Sorgen machten. Mein Dad runzelte in solchen Momenten jedes Mal die Stirn und Ricky verdrehte die Augen, aber ich fand es witzig.

Am hinteren Ende des Parkplatzes war ein kleines Stück Wiese mit einem Zaun am Rand, und auf der anderen Seite davon floss der Kanal.

Ich lehnte mich an den Zaun und starrte in die trübe Brühe. Der Gowanuskanal war wirklich kein besonders schöner Anblick, nicht mal für einen Wasserfan wie mich. Direkt vor mir trieben mehrere unförmige Abfallklumpen vorüber, und gleich unter meinen Füßen hatte sich eine weiße Plastiktüte in den Steinen am Ufer verfangen.

Und trotzdem war die Atmosphäre am Kanal irgendwie magisch. Das stetig fließende Wasser, die leichte Brise, die kreisenden Möwen am Himmel … Außerdem wusste ich genau, dass der Kanal zur Bucht führte, hinter der das Meer lag, die Heimat so vieler faszinierender Tiere.

Ich ging am Zaun entlang und beobachtete, wie die leichte Strömung das Wasser kräuselte. Unter der Oberfläche war nichts zu erkennen, aber ich malte mir aus, dort würden große Fischschwärme umherflitzen oder auch eine Qualle schwimmen, eine Krabbe krabbeln …

Dort, wo der Zaun nach links abknickte, befand sich eine größere Einbuchtung, in der ein stattliches Boot hätte anlegen können. Aber ich hatte hier noch nie eines gesehen.

Ich warf einen letzten Blick in den Kanal, weil ich eigentlich gerade umkehren und zurückspazieren wollte … da stutzte ich. War ich auf eine Wasserspiegelung hereingefallen? Ich hätte schwören können, knapp unter der Oberfläche hätte sich etwas bewegt.

»Was zur …«, murmelte ich und lehnte mich weit über den Zaun, um es mir genauer anzusehen. Die Sonne glitzerte auf der öligen Brühe, ich musste die Augen zusammenkneifen.

Aber … da drüben! Da glitt eindeutig irgendetwas unter der Oberfläche hin und her!

Vor meinem geistigen Auge tänzelten schon ein paar Meerjungfrauen durch den Kanal, und ich musste grinsen. Irgendwie hätte es mich weniger gewundert, wenn in dieser giftigen Brühe ein Fabelwesen gewohnt hätte, und kein echtes Tier. Doch in diesem Moment tauchte es auf – ich staunte.

Ein paar Meter vor mir, mitten in meinem guten, alten Brooklyn, im schmutzigen Wasser des Gowanuskanals schwamm ein leibhaftiger Delfin!

2

In den ersten Sekunden war ich wie gelähmt. Und als sich endlich mein Gehirn einschaltete, war der Delfin schon wieder untergetaucht.

»Oh Gott!«, stieß ich hervor. »Oh Gott!«

Ich lehnte mich über den Zaun und klatschte in die Hände. Irgendwie musste ich ihn auf mich aufmerksam machen. Schwamm dort wirklich ein Delfin? Oder hatten mir die giftigen Dämpfe des Kanals die Sinne vernebelt?

Von wegen – da war er wieder! Diesmal guckte der Delfin nur für einen Moment aus dem Wasser, ehe er wieder verschwand. Aber ich hatte ihn ohne Zweifel gesehen!

Mein Herz klopfte wie wild. Ich stieß einen leisen Pfiff aus. Vor ungefähr einem Jahr hatte ich mich im Internet über Delfinlaute informiert und eine Weile einige davon geübt. Aber erzählt hatte ich das niemandem, denn Julia und Amber hätten sich darüber bestimmt königlich amüsiert und meine Brüder erst recht. Die hätten das seltsam gefunden, genauso schräg wie ein Kleinkind, das sich bellend mit dem Hund unterhält. Aber jetzt fielen mir die ganzen Quiek-, Zwitscher- und Pfeiflaute wieder ein, und ich probierte es mit allen, die ich noch einigermaßen zustande brachte.

Endlich zeigte sich der Delfin wieder – es war ein Weibchen, da war ich mir so gut wie sicher. Sie sah mich mit großen, dunklen, traurigen Augen an, und ich erwiderte ihren Blick. Sie war so schön, mir blieb die Luft weg.

Das Delfinmädchen zuckte, wirbelte herum und schwamm in Richtung des eigentlichen Kanals. Doch kurz vor der Einbuchtung bremste es wieder ab, zwitscherte einmal und kehrte um. Dann verschwand es unter der schlierigen Oberfläche.

Mit zitternden Händen zog ich mein Handy aus der Tasche. So aufgeregt, wie ich war, hätte ich niemals eine Textnachricht schreiben können. Deshalb tippte ich einfach auf das kleine Telefonsymbol neben Nias Namen.

»Hey, du solltest mir doch schreiben«, sagte sie zur Begrüßung. »Ist wohl ein besonders gruseliger Kidnapper?«

»Nein«, antwortete ich schnell. Mit dem Blick tastete

ich weiter das schimmernde Wasser der Einbuchtung ab. »Hier ist ein Delfin!«

»Bitte was? Hör mal, ist das jetzt so dringend? Ich bin nämlich sowieso fast fertig und …«

»Es ist dringend!«, rief ich. »Ich habe einen Delfin entdeckt! Hier draußen im Kanal!«

Für einen Moment wurde es still. »Lily.«

Sie glaubte mir offenbar kein Wort. »Moment«, sagte ich.

Ich schaltete auf Handykamera um und wartete. Es dauerte gerade so lange, dass ich schon wieder an meinem Verstand zweifelte.

Aber dann tauchte sie auf! Die Delfindame kam nur kurz nach oben, wahrscheinlich um Luft zu schnappen, und war gleich wieder weg. Ich hatte trotzdem ein ordentliches Foto schießen können und schickte es an Nia.

Dann schaltete ich wieder auf das Telefongespräch um.

»Wow«, kam es aus dem Lautsprecher. »Warte kurz, ich bin gleich bei dir.«

Etwas später lehnten Nia und ich gemeinsam am Zaun und hielten Ausschau nach dem Delfinmädchen. »Was sollen wir denn jetzt machen?«, fragte ich.

Nia wusste immer, was zu tun war, natürlich auch jetzt. »Wir müssen die Polizei verständigen oder die Feuerwehr … da drinnen hat so ein Tier nichts zu suchen. Ist sicher nicht sehr gesund, in der Brühe herumzuschwimmen.«

»Aber echt«, sagte ich, während der nächste Abfallklumpen an uns vorübertrieb. »Sie ist bestimmt aus Versehen hier reingeschwommen und findet nicht mehr raus. Oder sie ist krank … oder verletzt!« Je mehr schreckliche Theorien mir einfielen, desto fester krallte ich mich in den Zaun. »Was, wenn sie schon so gut wie tot ist?!«

Genau in diesem Moment zeigte sich die Delfindame wieder. Diesmal schwamm sie kurz auf der Stelle und blickte uns an, bevor sie wieder abtauchte.

»Noch wirkt sie ziemlich fit«, meinte Nia, die gerade auf ihrem Telefon herumwischte. »Also keine Panik, okay? Nur ein kurzer Anruf, dann …«

Es blieb nicht bei einem kurzen Anruf. Ich lauschte, wie Nia mindestens drei Leuten die Situation erklärte, dann ging sie ein Stück zur Seite und redete weiter, was ich aber nicht mehr richtig verstand. Ich blieb an der Einbuchtung stehen und blickte gespannt aufs Wasser.

Zum ersten Mal bemerkte ich die Stimmen hinter mir. Zuerst achtete ich nicht darauf. Ich dachte, es wären bloß Kunden aus dem Baumarkt auf dem Weg zum Wagen oder so. Doch als sie näher kamen, drehte ich mich um. Drei Jungs aus meiner Nachbarschaft kamen auf mich zugelaufen.

Vorneweg ging Zach, der Cousin meiner Freundin Amber. Er war zwei Jahre älter als sie und wohnte in der anderen Hälfte ihres kleinen Stadthauses. Seine Freunde kannte ich vom Sehen, aber ich war mir nicht so sicher, wie sie hießen.

»Hey, wenn das nicht Lily-Allein-zu-Haus ist«, sagte Zach mit einem verächtlichen Grinsen.

»Hä?«, machte einer seiner Kumpels, ein dünner Junge mit weißblondem Haar und Sonnenbrand auf der Nase. Er kickte einen Stein zwischen den Füßen hin und her.

»Lily ist mit Amber befreundet, meiner Cousine«, erklärte Zach den beiden. »Und Amber ist mit ihrer anderen Freundin über den Sommer ins Feriencamp. Ohne Lily.« Er wischte sich übers Gesicht, als würde er heulen. »Arme Lily-Allein-zu-Haus! Bu-hu-huuu!«

Ich verdrehte die Augen und gab mir Mühe, seine blöden Sprüche zu überhören. Als hätte er irgendeine Ahnung, wie das alles gelaufen war!

»Schon klar, Zach«, sagte ich möglichst cool, gelangweilt und überlegen, so wie Olivia Choi oder Nia in einer solchen Situation wären. »Ist sonst noch was, od…«

»Leute, schaut euch das an!« Zachs anderer Kumpel stand am Zaun und zeigte aufs Wasser. »Da war eben ein, ein … ein Hai oder so was!«

»Ja, sicher«, schnaubte der blonde Junge.

»Es ist ein Delfin«, stellte ich richtig und wünschte sofort, ich hätte den Mund gehalten.

Zach wirkte überrascht. »Im Ernst? Hier im Kanal?«

So hingen bald alle drei Jungs über dem Zaun, und insgeheim drückte ich die Daumen, dass sie ins Wasser fallen würden. Als die Delfindame zum Luftholen nach oben kam, grölten sie.

»Da ist echt ein Delfin!«, rief der Blonde. »Wie ist das Viech dort reingeraten?«

Der dritte Junge zückte sein Handy und schoss ein Foto, dabei war das Delfinmädchen längst wieder verschwunden. »Ist das krass! Hey, lockt ihn noch mal hoch, ich hab ihn nicht richtig erwischt.«

Zach schaufelte eine Handvoll Kies aus der Rinne am Boden. »Hey, Delfin! Hey, Delfin!«, schrie er und schleuderte die Steinchen auf die Stelle, wo sich die Delfindame zum letzten Mal gezeigt hatte.

»Hör auf damit!«, platzte ich heraus.

Aber Zach warf mir nur einen herablassenden Blick zu und griff sich noch mehr Schotter. »Versuch doch, mich davon abzuhalten, Lily-Allein-zu-Haus.« Und wieder schmiss er Steinchen ins Wasser.

Das Herz klopfte mir bis zum Hals. Wie sollte ich gegen diese Jungs ankommen? Sie waren größer und rücksichtsloser als ich und außerdem zu dritt …

»Hey, was macht ihr kleinen Gangster da?!« Aus dem Nichts war Nia zurückgekehrt und starrte wie eine Riesin auf die drei hinunter. »Werft ihr etwa mit Steinen nach dem armen Tier?«

Zach und seine Freunde starrten zurück, hypnotisiert von dieser hochgewachsenen, zornigen, durch und durch umwerfenden Erscheinung.

»Äh …«, machte der Blonde.

»Wir wollten doch bloß, dass es noch mal auftaucht«, winselte Zach.

Nia runzelte die Stirn und verschränkte die Arme. »Na, vielleicht interessiert es sich einfach nicht für dich. Auf die Idee bist du wohl noch nicht gekommen, Kleiner?«

Zachs Gesicht verdüsterte sich. Er ließ sich offensichtlich nicht gern *Kleiner* nennen. »Mensch, ist doch nichts passiert.«

»Noch nicht«, erwiderte Nia drohend. »Aber lass es bloß nicht drauf ankommen, Schätzchen.«

Jetzt brummten und grummelten die drei ein bisschen, wichen aber verunsichert zurück, und als sie sich umdrehten und quer über den Parkplatz flohen, erlaubte ich mir ein erleichtertes Lächeln. Auf dem Weg zur 9th Street hämmerten sie noch auf die Motorhauben einiger Autos.

Nia schien die Bande schon wieder vergessen zu haben.

Strahlend wandte sie sich an mich. »Ich habe endlich die richtigen Leute ans Telefon gekriegt! Es kommt gleich jemand vom Aquarium vorbei, um sich die Sache anzusehen.«

Danach konnten wir nur noch abwarten, die Delfindame beobachten und darüber rätseln, wie sie hierhergeraten war und was jetzt aus ihr werden würde. Nia holte einen Skizzenblock aus dem Rucksack und skizzierte mit ihrem Kohlestift einen aus dem Wasser springenden Delfin.

Ich blickte ihr über die Schulter. »Das wird super«, sagte ich. »Aber die Finne ist zu weit vorne. Siehst du? Sie gehört eher … hierhin.«

»Danke.« Nia radierte die Rückenflosse aus und zeichnete sie neu. »Besser?«

»Perfekt!« Während sie weiter an ihrer Skizze arbeitete, ging ich wieder zum Zaun. Sofort steckte das Delfinmädchen den Kopf aus dem Wasser, als hätte es schon auf mich gewartet. Ich warf einen kurzen Blick zu Nia, aber die konzentrierte sich auf ihren Block. Also atmete ich tief ein und stieß einen leisen Pfiff aus.

Die Delfindame reagierte. Sie reckte den Kopf höher. Dann tauchte sie unter.

Ich wartete, und als sie erneut auftauchte, feuerte ich eine Reihe von Klicklauten und zum Schluss ein weiteres Pfeifen ab.

»Hey.« Dass Nia neben mir stand, fiel mir erst auf, als ich dicht an meinem Ohr ihre Stimme hörte. »Nicht übel. Seit wann kannst du dich mit Delfinen unterhalten?«

»Ich dachte, du hörst nicht hin«, antwortete ich und wurde rot.

»Doch, doch.« Nia deutete auf die Delfindame. Gerade ragten nur ihre Schnauze und ihre Augen aus dem dunklen Wasser. »Und er hört anscheinend auch genau hin.«

»Ja. Das heißt, ich glaube wirklich, es ist eher eine Sie. Delfinweibchen sind kleiner und schlanker als Männchen, und sie wirkt ziemlich klein.«

Nia nickte. »Sorry, Schwester!«, rief sie in Richtung der Delfindame. »Hey Lily, wie sagt man ›Entschuldigung‹ auf Delfinisch?«

Ich musste lachen. »Weiß ich nicht so genau. Aber ich kann's ja mal versuchen.«

Da Nia mich begeistert anfeuerte, probierte ich es mit allen Delfinlauten, die ich auf Lager hatte, und dachte mir sogar ein paar neue aus. Anscheinend gefiel es der Delfindame, sie wirkte jedenfalls neugierig. Immer länger blieb sie an der Oberfläche, als würde sie mir aufmerksam lauschen, und antwortete ab und zu mit einem Zwitschern oder Pfeifen.

Gerade als ich Nia ein paar Laute beibringen wollte, bog ein Wagen auf den Parkplatz ein und steuerte ganz in unsere Nähe. Drei Leute stiegen aus, zwei Frauen und ein Mann. »Ist der Delfin noch da?«, fragte eine der Frauen und eilte uns entgegen.

»Ja, gleich da drüben«, antwortete Nia und deutete hinter sich. »Ich bin Nia Watts, und das ist Lily Giordano. Sie hat das Delfinmädchen entdeckt.«

»Sehr erfreut«, sagte der Mann mit einem freundlichen Lächeln, als würde er täglich mit zwölfjährigen Mädchen und Künstlerinnen mit verrückten Frisuren plaudern. »Ich bin Dr. Hernandez. Ich bin Biologe in der Forschungsabteilung des Aquariums. Das ist meine Kollegin Dr. Gallagher.« Dann deutete er auf die dritte Frau. »Und das ist Ms Khan.«

»Ich bin bloß Labortechnikerin«, fügte Ms Khan fröhlich hinzu. »Ich bin eigentlich nur mit von der Partie, weil ich einen Wagen habe und weil mein Tank voll war.«

Dr. Hernandez kicherte. »Nun stell dein Licht doch nicht so unter den Scheffel.« Er zwinkerte ihr zu. »Du hast auch noch die beste Handykamera.«

Die anderen lachten laut, und Nia lachte mit. Aber ich war zu angespannt.

»Was wird jetzt aus ihr?«, platzte ich heraus. »Das Kanalwasser ist doch bestimmt nicht gut für sie, oder?«

»Nein, bestimmt nicht«, bestätigte Dr. Gallagher ernst. »Aber immer mit der Ruhe. Wir müssen uns erst mal einen Überblick über die Lage verschaffen.«

Mir war nicht ganz klar, was sie damit genau meinte. Aber ich wartete trotzdem geduldig ab, während sich der Trupp aus dem Aquarium am Zaun aufreihte. Kurz darauf zeigte sich die Delfindame wieder.

Ms Khan riss die Augen auf. »Ist die hübsch!«

»Stimmt.« Dr. Hernandez zog ein Handy hervor und tippte etwas ein. »Und sie wirkt gesünder als erwartet.«

Nia und ich sahen uns an. Anscheinend registrierte Nia meinen besorgten Blick, denn sie räusperte sich. »Was hatten Sie denn erwartet?«

»Man kann eben nie wissen.« Dr. Gallagher sah zu, wie Ms Khan mit ihrem Handy Fotos knipste. »Schau, dass du sie möglichst gut draufbekommst. Und ein Video wäre auch super.«

Ms Khan nickte. »Bin dabei.«

»Komm«, sagte Nia und zupfte mich am Ärmel. »Lassen wir die Leute in Ruhe ihre Arbeit machen.«

Wir machten Platz und hockten uns auf eine der Picknickbänke weiter drüben auf der schattigen Wiese. Die drei Leute aus dem Aquarium beobachteten das Delfinmädchen noch einige Minuten lang, knipsten Fotos und unterhielten sich dabei leise.

Endlich kam Dr. Hernandez herüber. »Danke für den Anruf, junge Damen«, sagte er und lächelte herzlich. »So weit wirkt das Tier recht gesund. Wir werden erst einmal abwarten, ob es von allein zurück ins Meer findet.«

»Wie bitte?!«, rief ich, ohne groß über meine Worte nachzudenken. »Sie wollen sie einfach hierlassen? In dem Stinkwasser?«

Der Biologe vergrub die Hände in den Taschen. »Fürs Erste ja.« Er blickte mir ernst ins Gesicht, nicht von oben herab wie die meisten Erwachsenen, sondern als würde er sich mit einer Kollegin unterhalten statt mit einem Kind. Seine Antwort gefiel mir nicht, aber ich mochte ihn.

»Und was, wenn sie von allein nicht zurück ins Meer findet?«, fragte ich. »Sie kann doch nicht einfach hierbleiben.«

»Nicht auf Dauer.« Dr. Hernandez' Blick wanderte zum Wasser und dann zurück zu mir. »Aber wir können ihr noch ein, zwei Tage Zeit geben, vielleicht kommt sie ja noch von allein drauf. Wenn nicht, müssen wir intervenieren.«

Ich wusste schon wieder nicht, was er damit genau meinte. Aber irgendwie hatte ich das Gefühl, Dr. Hernandez vertrauen zu können, und so nickte ich bloß stumm und sah zu, wie die drei wieder in ihrem Wagen davonfuhren.

3

Beim Abendessen stocherte ich lustlos auf meinem Teller herum und dachte an das Delfinmädchen. Nachdem sich die Aquariumsleute verabschiedet hatten, waren Nia und ich noch ein paar Stunden am Kanal geblieben. Das ginge schon in Ordnung, hatte Nia gesagt, ich müsste nur mein Buch weiterlesen, und sie könnte Skizzen für ihre nächste Skulptur anfertigen. Ich hatte mich dicht am Zaun ins Gras gesetzt und das Wasser nie aus den Augen gelassen.

Aber irgendwann mussten wir aufbrechen. Von ihrem Telefonat mit Dr. Hernandez hatte Nia seine E-Mail-Adresse und seine Telefonnummer, und sie hatte mir versprochen, mir auf der Stelle Bescheid zu sagen, wenn es etwas Neues gab.

Als ich daran dachte, zog ich gleich mein Handy aus der Hosentasche. Ich hielt es vorsichtshalber unter dem Tisch versteckt, damit meine Familie nichts davon mitbekam. Beim Essen waren Handys eigentlich verboten, aber an diese Regel hielt Ozzy sich auch nie. Er musste ständig seiner Freundin schreiben.

Keine neue Nachricht von Nia. Aber eine von Amber:

> Guck mal, was es heute im Speisesaal zum Abendessen gab. Thunfischauflauf!!! Jules musste fast kotzen!

Ich schnitt eine Grimasse und schaltete das Display aus. Das Foto, das Amber angehängt hatte, sah ich mir gar nicht erst an. Da blickte Mom herüber und bemerkte meinen Gesichtsausdruck.

»Alles okay, Lily?«, fragte sie besorgt. »Schmecken dir die Manicotti nicht?«

»Doch, doch.« Schnell schob ich mir eine gehäufte Gabel in den Mund. Solange ich mit Kauen beschäftigt war, konnte mich zumindest niemand ausfragen.

Aber mein Plan ging nicht auf. Jetzt musterten mich auch noch Dad und Ozzy. »Ja, du wirkst ziemlich depri«, sagte mein besserwisserischer Bruder. »Ärgerst du dich immer noch, dass deine Freundinnen ohne dich ins Feriencamp gefah…«

»Nein, nein«, fiel ich ihm ins Wort. Von diesem Thema hatte ich wirklich genug. »Ich habe nur an das Delfinmädchen gedacht, das ich heute im Kanal gesehen habe.«

Dads buschige Augenbrauen schossen nach oben. »Im Kanal?« Die Gabel erstarrte auf halbem Weg zu seinem Mund, er stützte die Ellenbogen auf die Tischdecke. »Von der Kloake sollst du dich doch fernhalten.«

»Ein Delfinmädchen?«, fragte meine Mutter gleichzeitig. »Wirklich?«

»Wer's glaubt, wird selig.« Bisher hatte Ricky nur stumm Essen in den Mund geschaufelt, aber jetzt blickte er für einen Moment auf und verdrehte die Augen. Mein ältester Bruder war wie eine Kopie von Dad – er hatte ein kantiges Kinn, kräftige gewellte Haare und breite Schultern. Hätte er ein paar Pfund mehr auf die Waage gebracht und hätte mein Dad ein bisschen weniger Grau an den Schläfen, man hätte sie glatt für eineiige Zwillinge halten können.

»Nein, im Ernst.« Eigentlich hatte ich die Delfindame gar nicht erwähnen wollen, denn für so etwas interessierte sich meine Familie nicht. Aber jetzt wollte ich, dass sie mir wenigstens glaubten. »Nia hat sie auch gesehen. Sie hat gleich im Aquarium angerufen.« Ich erzählte ihnen die Kurzfassung der Geschichte. Nur dass Nia mich allein vor dem Baumarkt hatte warten lassen, ließ ich lieber weg.

Trotzdem blickte Dad immer finsterer drein. »Was denkt diese Nia sich eigentlich dabei, dich zum Kanal zu lassen?«, knurrte er.

Ich musste mich ganz schön zusammenreißen. *Diese* Nia … so redete er andauernd von ihr. Als wäre das ihr richtiger Name.

»Dein Vater hat recht«, sagte meine Mom, während sie aufstand und Ricky und Dad mehr Salat gab. »Von diesem Dreckwasser sollte man sich wirklich fernhalten.«

»Delfine sollten sich auch davon fernhalten«, stellte ich fest. »Deshalb wollten Nia und ich ihr ja helfen.«

»Weißt du was, Ma?«, sagte Ozzy grinsend. »Das ist deine Schuld. Das Salzwasser in deinen Adern ist Lily ins Gehirn geschwappt, bevor sie geboren wurde. Deswegen ist sie so verrückt nach Delfinen und alldem.«

»Genau. Ein Glück, dass *wir* uns nicht auch noch damit angesteckt haben.« Ricky ließ kurz die Gabel fallen und stieß seine Faust gegen Ozzys.

Das war ein Standardwitz in unserer Familie, der sogar meinen Dad zum Kichern brachte. Dad war ein paar Straßen weiter zur Welt gekommen und aufgewachsen, aber Mom stammte nicht aus dieser Gegend, sie war in einem Strandort an der Küste New Jerseys groß geworden. Zum Studieren war sie dann nach Manhattan gezogen und hatte bei einer Party hier in Brooklyn meinen Dad kennengelernt, und ein paar Monate später hatten sie geheiratet – eine Liebesgeschichte wie im Kinofilm, sagten meine Tanten und Onkel immer.

Also vielleicht hatten meine Brüder sogar recht. Vielleicht hatte ich meine Liebe zum Meer von Mom geerbt.

Und vielleicht hätte ich die Delfindame wirklich nicht erwähnen sollen, dachte ich, denn nun rissen meine Brüder pausenlos Witze über Moms Vergangenheit. Sie schüttelte darüber nur lächelnd den Kopf. Das Delfinmädchen hatten sie anscheinend alle schon wieder vergessen, oder sie fanden das Ganze einfach nicht so wichtig. Sie verstanden mich nicht, aber das überraschte mich nicht besonders.

Ein paar Stunden später saß ich allein in meinem winzigen Zimmer im hintersten Winkel der Wohnung. Es war kaum größer als eine Abstellkammer, aber ich fand es großartig. Es gehörte nur mir, und wenn jemand hereinkommen wollte, musste er anklopfen. Alle Wände waren vollgeklebt mit spannendem Zeug – das sei »Lilys Spezialtapete«, meinte Mom immer. Ein großes Plakat mit allen Fischen des Atlantiks hing beispielsweise dort, ein verzierter Krabbenpanzer vom Vergnügungspark auf Coney Island sowie Bilder aus Zeitschriften und Ausdrucke aus dem Internet mit Delfinen, Walen, Quallen und vielem mehr. Und am Ehrenplatz über meinem Bett hing natürlich mein Lieblingsposter. Darauf war eine Delfinschule zu sehen, die bei Sonnenuntergang über die Wellen sprang. Vor dem Schlafengehen legte ich jedes Mal die Hand auf das Bild.

Jetzt starrte ich es an und fragte mich, was das Delfinmädchen im Kanal wohl gerade machte. Oder … war es am Ende gar nicht mehr dort? Lagen die Biologen richtig, hatte es wirklich hinaus und zurück zu seiner Schule gefunden?

Es heißt doch immer, Delfine gehören zu den intelligentesten Tieren der Welt, sagte ich mir, während ich zum einzigen Fenster meines Zimmers lief. Ja, mein Delfinmädchen hat bestimmt zurück nach Hause gefunden.

Ich blickte in die Nacht hinaus und wünschte, ich hätte von meinem Zimmer aus den Kanal sehen können. Aber ich sah nur das Haus auf der anderen Seite der schmalen Gasse und das abschüssige Dach der Erdgeschosswohnung unter uns. Wenn ich doch nur mutiger gewesen wäre! Dann hätte ich aus dem Fenster auf das Dach steigen und am Regenrohr an der Ecke hinunterrutschen können, und nach einem kurzen Spaziergang wäre ich zu meiner Delfindame gelangt.

Das hätte Nia in einer solchen Situation getan. Und Julia wahrscheinlich auch. Und Amber vielleicht auch, wenn es ihr wirklich wichtig gewesen wäre.

Ich verzog das Gesicht. Ich wollte jetzt nicht an meine Freundinnen denken. Also ging ich zum Schreibtisch, klappte meinen Laptop auf und surfte ein bisschen im Internet, um mich über Delfine schlauzumachen.

Besser gesagt, um mich *noch* schlauer zu machen. Ich wusste ja schon alles Mögliche über meine Lieblingstiere. Aber es gab eben immer noch mehr zu entdecken …

Überraschend schnell stieß ich auf etwas, wovon ich noch nie gehört hatte: Es war nicht das erste Mal, dass sich ein Delfin in den Gowanuskanal verirrt hatte! Als ich den Artikel überflog, musste ich schlucken. Damals hatte das Tier nicht überlebt.

Eilig schloss ich die Seite wieder. Dr. Hernandez und die anderen wussten doch hoffentlich, was sie taten … sie würden mein Delfinmädchen doch nicht einfach sterben lassen, oder? Es war ja nicht mal krank, sondern hatte nur die Orientierung verloren. Oder?

Ein paar Minuten lang surfte ich von Seite zu Seite und konnte mich auf nichts richtig konzentrieren. Dann stieß ich auf einen interessanten Link: Delfin-Ausflug in Montauk. Ich klickte darauf und gelangte zu einem Blogeintrag über eine Rundfahrt vor Long Island, bei der man angeblich Wale und Delfine sehen konnte. Der Blogger nannte sich Peter Fisch. Ich musste grinsen – *Petersfisch* war doch eine Fischart! Ob der Autor wirklich so hieß? Da hatte ich starke Zweifel. Auch, weil sich der ganze Blog um Meeresbiologie und Ähnliches drehte.

Ich überflog den Text über den Bootsausflug. Wale hatte der Blogger anscheinend keine gesehen, aber er hatte ein paar Delfine gesichtet. Als Nächstes scrollte ich nach unten zu den neuesten Einträgen. Einer handelte vom SeaGlass Carousel in Manhattan, ein anderer von Verbesserungen in unserem Aquarium in Brooklyn.

Ich habe fast den Verdacht, dieser Peter Fisch kommt aus New York City, überlegte ich und scrollte nach oben, wo meistens ein Foto des Bloggers zu sehen war. Doch stattdessen prangte dort ein Bild eines witzigen Kugelfischs.

Na, so wichtig war es auch wieder nicht. Einige Minuten lang las ich noch ein paar Einträge in dem Blog – mal ging es um einen Hai, der am Rockaway Beach gesichtet worden war, mal ums Muschelsuchen auf Sandy Hook in New Jersey. Wer Peter Fisch war, wusste ich immer noch nicht, aber er kannte sich offensichtlich bestens aus. Ich legte mir ein Lesezeichen an, damit ich den Blog im Auge behalten konnte.

Dann kroch ich mit meinem Laptop ins Bett und schmökerte weiter, bis ich nur noch am Gähnen war. Ich stellte den Computer beiseite, wickelte mich in meine Decke und versuchte, mir nicht zu viele Sorgen um das Delfinmädchen im Kanal zu machen. Irgendwann schlief ich ein.

4

Als ich am nächsten Morgen aufwachte, dachte ich sofort an die Delfindame. Kaum, dass ich mich aufgerichtet und mir ein paar störrische Locken aus der Stirn geschoben hatte, schnappte ich mir deshalb meinen Laptop vom Nachttisch.

Zuallererst ging ich auf den Blog von Peter Fisch. Es war zwar sehr unwahrscheinlich, dass in den letzten acht Stunden etwas Neues dazugekommen war, aber … es war kaum zu glauben! Es gab wirklich einen Eintrag, erstellt vor zwanzig Minuten!

Und zwar mit der Überschrift: *Delfinsichtung im Gowanuskanal.*

Mein Mund klappte auf. Woher wusste der Blogger davon? Hektisch überflog ich den Text.

Am Montagnachmittag hat eine Einwohnerin Brooklyns im Gowanuskanal in der Nähe der 9th Street einen einzelnen Großen Tümmler entdeckt. Da Delfine eigentlich in großen Gruppen leben, sogenannten Schulen, findet man sie normalerweise nicht allein vor, und erst recht nicht in diesem Kanal. Wie alle New Yorker wissen, ist er seit Jahren derart verschmutzt, dass darin kaum Tiere leben. Der Delfin wurde von Meeresbiologen aus Brooklyn begutachtet und für unverletzt und gesund befunden. Vorerst wollen die Experten abwarten und hoffen, dass der Delfin aus eigener Kraft zurück ins Meer findet.

Eine Einwohnerin Brooklyns … damit konnte nur ich gemeint sein! Aber wer hatte das geschrieben, und woher wusste dieser Peter Fisch von meinem Delfinmädchen?

Ob er wohl im Aquarium arbeitet?, überlegte ich.

Das würde Sinn ergeben. Das Aquarium kam in mehreren Blogeinträgen vor, und auch in den anderen wurde hauptsächlich aus New York City und Umgebung berichtet. Was, wenn Peter Fisch niemand anderes war als Dr. Hernandez? Oder Dr. Gallagher oder Ms Khan oder womöglich die Wasserexpertin, der ich am Vortag begegnet war? Im Aquarium arbeiteten so viele Leute, die alle von der Delfinsichtung gehört haben könnten. Bei meinem nächsten Besuch könnte ich ja mal Eddy fragen … der wusste dort eigentlich über alles und jeden Bescheid.

Oder ich frage Peter Fisch gleich direkt, dachte ich und scrollte zu den Kommentaren. Zu diesem Eintrag gab es noch keine. Ich starrte auf das Textfeld. Ob ich wirklich den Mut hatte, einfach zu schreiben: Wer sind Sie?

Da vibrierte mein Handy auf dem Tisch, wo ich es am Abend zuvor abgelegt hatte. Ich ließ den Laptop stehen und sah nach, wer mir geschrieben hatte. Wahrscheinlich war es bloß Julia oder Amber. Wahrscheinlich waren es noch mehr tolle Neuigkeiten über ihre tollen Abenteuer in ihrem supertollen Ferienlager …

Irrtum. Es war eine Nachricht von Olivia Choi. Ich wusste gar nicht, dass Olivia überhaupt meine Nummer hatte.

> Hi Lily! War schön, dich gestern zu sehen! Übermorgen gehe ich mit ein paar Leuten zur Rollschuhbahn im Prospect Park. Hast du Lust? Wir treffen uns um 10:30 bei mir.

Ich biss mir auf die Unterlippe und las die Nachricht erneut. Ein paarmal war ich mit Nia auf der Bahn gewesen und einmal auch mit Julia und Amber. Aber eben nur einmal mit meinen Freundinnen, weil Amber von den Inlineskates die Knöchel wehgetan hatten.

Doch wenn Olivia Choi gefragt hätte, ob sie zum Skaten mitkommen wollte, hätte Amber mit ziemlicher

Sicherheit trotzdem mitgemacht. Allerdings war Amber gerade nicht in der Stadt, und Julia auch nicht. Hätten wir zu dritt hingehen können, hätte ich ohne Zögern zugesagt. Aber allein? Unentschlossen starrte ich auf die Nachricht, und als Ozzy vom Flur herüberrief, dass das Frühstück fertig sei, war ich beinahe erleichtert. Ohne Olivia zu antworten, schaltete ich das Display aus.

Zwanzig Minuten später aß ich gerade den letzten Bissen Rührei, da kam Nia mich abholen. »Hi, Giordanos!«, begrüßte sie die ganze Familie fröhlich. »Was geht ab?«

»Nicht viel«, sagte Ricky. Meine Mutter lächelte, und Ozzy antwortete nur mit einem Grunzen.

»Morgen, Nia.« Mein Vater schnürte sich schon die Arbeitsschuhe. »Wie geht es mit Lilys Leseliste voran? Du passt doch auf, dass sie am Ball bleibt?«

»Klar doch, Mr G.« Nia blieb locker und freundlich, obwohl mein Vater schon ein wenig vorwurfsvoll geklungen hatte. Fand zumindest ich. »Aber das läuft ganz von alleine. Die junge Lady ist eine echte Leseratte.«

»Aha.« Nach einem kurzen, strengen Blick auf mich machte Dad mit seinen Schuhen weiter. »Dann wollen wir mal, Männer«, sagte er schließlich. »Haben heute viel vor.«

Als sie verschwunden waren, fragte Mom, ob Nia noch einen Kaffee trinken wollte, und Nia sagte nicht Nein.

Während sie sich mit der Tasse hinsetzte, ging Mom sich für die Arbeit fertig machen. Ihre Schicht im Bus- und Bahnverkehr begann erst um neun, aber sie kam gerne überpünktlich.

Sobald sich die Zimmertür hinter Mom geschlossen hatte, ließ ich die Gabel sinken. »Können wir auf dem Weg zum Atelier noch bei der Delfindame vorbeigehen?«, fragte ich Nia so leise, dass man es drüben bestimmt nicht mitbekam. »Da kommen wir doch sowieso vorbei. Und danach fange ich auch gleich mit Lesen an, versprochen. Außerdem …«

»Halt, halt.« Nia hob die Hand. »Mir geht's doch genau wie dir. Ich will auch wissen, wie es unserer Fischfreundin geht.«

»Delfine sind keine Fische«, korrigierte ich sie – ich konnte einfach nicht anders. »Sie sind Säugetiere. Sie müssen zum Luftholen nach oben kommen, weil sie keine Kiemen haben wie Fische, sondern eine Lunge wie wir, und …«

Diesmal brachte mich Nias Lachen zum Schweigen. »Sorry, verehrte Meeresbiolily, aber das weiß ich alles schon. Das war bloß ein bisschen künstlerische Freiheit.«

Ich lächelte verlegen. »Verstanden.«

Nia nippte an ihrem Kaffee. »Eigentlich wollte ich sogar gestern Abend noch kurz nach dem Delfinmädchen schauen, aber dann hatte ich doch zu viel zu tun … ich trinke nur schnell aus, dann sehen wir nach, okay?«

Auf Nias Wort war Verlass. Eine Viertelstunde später eilten wir über den Parkplatz zum Kanal, und ich marschierte geradewegs zur Einbuchtung.

»Ist da wer?«, rief ich so entspannt wie möglich – als wäre ich innerlich nicht vor Sorge gestorben! Ob die Delfindame noch hier war? Und wenn nicht, was hätte das zu bedeuten? Dass sie zurück zu ihrer Schule gefunden hatte? Oder dass etwas Schreckliches geschehen war? Und wie sollte ich das jemals aushalten, wenn ich nie Genaueres erfahren würde?

Am Anfang sah es so aus, als wüsste ich bald die Antwort auf die letzte Frage. Das trübe Wasser war ganz ruhig, nur an der Mündung der Einbuchtung trieb ein Hotdog-Papier. Nia stellte sich neben mich an den Zaun und probierte es mit den Delfinpfiffen, die ich ihr einen Tag zuvor beigebracht hatte. Sie gab sich wirklich Mühe, und ich stimmte zwitschernd und quiekend ein. Doch auch das brachte erst mal nichts.

»Da!«, rief Nia endlich und zeigte mit dem Finger auf eine Stelle im Wasser.

Ich spähte in die Richtung. Es war die Delfindame! Sie streckte gerade ihre Schnauze aus dem Wasser, und eine Sekunde später tauchte sie richtig auf.

Schnell stieß ich ein paar Pfeiflaute aus. Die Delfindame hörte mir zu, da war ich mir ziemlich sicher. Sie schwamm sogar ein bisschen näher zu uns, und wenn mich nicht alles täuschte, blickte sie mich mit ihren dunklen Augen direkt an. Dann tauchte sie wieder unter.

»Ich glaube, ihr geht's gut!«, rief ich erleichtert.

Nia nickte. »Das ist doch mal eine gute Nachricht. Aber andererseits hat sie offensichtlich noch nicht aus dem Kanal herausgefunden. Das ist nicht ganz so gut.«

»Stimmt auch wieder.« Ich kaute auf der Unterlippe herum. Schon war die Freude über das Wiedersehen mit der Delfindame verflogen, und die Sorgen meldeten sich zurück. »Vielleicht sollten wir die Aquariumsleute anrufen und ihnen sagen, dass sie immer noch hier ist.«

Nia zog die Stirn kraus. »Na ja, sie wollten doch selbst noch mal nachschauen. Außerdem wollten sie sowieso ein paar Tage abwarten.« Doch als sie meinen sorgenvollen Blick sah, seufzte sie. »Es kann ja nicht schaden, ihnen eine Nachricht mit dem neuesten Stand zu schicken.«

»Genau!«, rief ich und lächelte. »Danke.«

Einige Sekunden nachdem Nia ihre Nachricht abgeschickt hatte, plärrte ein schriller Klingelton aus ihrem Handy. Es klang, als wäre eine Scheibe zerbrochen.

»Eine Antwort von Dr. Hernandez«, murmelte sie.

»Lass mal sehen.« Nia gab mir das Handy, und ich las hektisch die Nachricht:

> Danke für das Update. Wir hoffen immer noch, dass sie von allein nach Hause findet. Es gibt Berichte, in der Upper New York Bay sei eine Schule von Großen Tümmlern gesichtet worden. Wir vermuten, dass unsere Delfindame von dieser Schule getrennt wurde. Solange noch Chancen bestehen, dass sie zu den anderen zurückkehrt, wollen wir sie nicht von dort fortbringen.

»Hmm, das leuchtet ein«, sagte ich leise und las noch einmal die letzten Sätze. Der Gowanuskanal mündete in die Upper New York Bay und damit in den New Yorker Hafen. Bis dorthin war es gar nicht so weit, falls die Delfinschule wirklich dort herumschwamm … warum versuchte das Delfinmädchen dann nicht wenigstens, zu den anderen zurückzukehren?

»Komm.« Nia schnappte mir das Telefon weg und steckte es ein. »Gehen wir ins Atelier. Ich habe eine Menge zu tun, und du übrigens auch.« Sie zwinkerte mir zu. »Oder willst du, dass ich Ärger mit deinem Dad bekomme?«

Als ich aufblickte, steckte die Delfindame gerade wieder den Kopf aus dem Wasser. Sie schaute immer noch starr in unsere Richtung, fast als hätte sie jedes Wort verstanden und als wollte sie nicht, dass wir gingen. Ich wünschte so sehr, wir hätten noch bei ihr bleiben können – aber Nia hatte natürlich recht. Wenn mein Dad gewusst hätte, dass wir überhaupt hierhergekommen waren …

»Okay«, sagte ich mit einem Seufzen. »Gehen wir.«

5

Nias Atelier lag nur ein paar Straßen entfernt vom Kanal, umgeben von Lagerhallen, Großhandelsfirmen und Ähnlichem. Am Anfang hatte ich nicht so recht glauben können, dass sie für dieses Ding wirklich jeden Monat Miete zahlte – es war eigentlich nur ein großer Raum mit kahlem Betonboden und Neonröhren an der Decke, die die ganze Zeit summten wie ein aufgescheuchter Bienenstock. Doch als ich sie zum ersten Mal zu Hause besuchte, wurde mir alles klar: Nia lebte in einem winzigen Apartment in Fort Green, mit drei anderen Leuten zusammen, und verglichen damit war ihr Atelier riesig und ruhig. Früher hatte es zu einer Fabrik gehört, aber heute konnte man sich das kaum noch vorstellen. An die Mauern hatte Nia nämlich Gemälde und Wandteppiche gehängt, und überall standen ihre Skulpturen herum: Die Tür wurde von einem tönernen alten Mann bewacht, von der Decke stürzte sich eine gewaltige Eule aus unterschiedlichsten Materialien und bei der Kochnische thronte ein monströses Stück Schweizer Käse aus Metall.

Außerdem hatte Nia ihr Atelier mit ein paar Möbeln eingerichtet, die zum Verschenken an den Straßenrand gestellt worden waren. Am liebsten mochte ich das Sofa, ein Möbelstück im viktorianischen Stil, das früher bestimmt sehr prächtig ausgesehen hatte. Ich hatte Nia geholfen, den durchgescheuerten roten Seidenbezug mit bunten Fäden und Resten alter Wollsocken zu flicken und es so in ein wildes, farbenfrohes Einzelstück zu verwandeln.

Jetzt setzte ich mich darauf und schüttelte *Der Ruf der Wildnis* aus meiner Tasche, während Nia zu einem großen Behälter mit übrig gebliebenen Metallteilen und anderem Schrott lief. Das war ihre sogenannte Kreativkiste.

»Hast du schon eine Idee für dein nächstes Kunstwerk?«, fragte ich sie, obwohl ich eigentlich gerade anderes im Kopf hatte. »Vielleicht was mit Pinguinen?«

»Nee.« Nia betrachtete eingehend ein rostiges Stück Wellblechdach und angelte dann ein Holzteil aus der Kiste. »Die Pinguine machen mich gerade doch nicht so an. Ich glaube, ich spiele einfach mit dem Zeug hier herum, und irgendwann verrät es mir schon, was es mal werden will.«

Ich nickte. Ich hatte ihr schon so oft in den Ferien bei der Arbeit zugesehen, dass ich genau wusste, wie das lief. Nia würde jetzt ein paar Tage lang basteln und nachdenken und verschiedenstes Zeug zusammenbauen und wieder auseinandernehmen, bis sie einen Geistesblitz hatte.

Normalerweise machte es mir Spaß, ihr bei ihren kreativen Werkeleien zuzuschauen, aber diesmal graute es mir beinahe davor. Denn blöderweise konzentrierte Nia sich dabei meistens so sehr, dass sie erst wieder für andere Unternehmungen zu haben war, wenn sie ihr nächstes Thema gefunden hatte. Also konnte ich mir fürs Erste alle Ausflüge ins Aquarium abschminken, genauso wie alle Besuche beim Delfinmädchen im Kanal. Oder ich müsste ewig darum betteln.

Ich verkniff mir ein Seufzen und schlug das Buch auf. Wenn ich fleißig las, würde Nia mich vielleicht mit einem Abstecher zu unserer Delfindame belohnen. Das war meine beste Chance.

Und ich gab wirklich mein Bestes. Aber sosehr ich mich auch bemühte, ich konnte mich einfach nicht auf die Geschichte konzentrieren. Als ich denselben Satz sechs

Mal gelesen und trotzdem nicht richtig verstanden hatte, summte auch noch mein Handy.

Es war eine Nachricht von Julia.

> Hey du! A und ich sind gestern Nacht heimlich raus. Wir sind rüber zur Jungshütte und haben draußen Gespenstergeheul nachgemacht. Das war soooo geil! Die haben geflennt wie die Babys, haha! Du hättest dich totgelacht! Chandra (die ist voll witzig) hat sogar mit dem Handy mitgefilmt. Zeigen wir dir, wenn wir zurück sind. Mach's gut!

Als ich das Display abschaltete, drückte ich den Knopf viel zu fest. Wieso schrieben die beiden mir eigentlich immer wieder aufs Neue? Ich hatte ihnen doch nie geantwortet! Und davon abgesehen hatten sie ja anscheinend einen Riesenspaß mit ihren neuen Freundinnen, mit der voll witzigen Chandra beispielsweise. Komisch, dass sie trotzdem noch die Zeit hatten, mich zu nerven.

Ich blickte zu Nia. Sie hockte vor einem kleinen Berg aus Metall und Holz und schob alle paar Sekunden ein Drahtknäuel hin und her. Meinem Eindruck nach hatte sie mein Handy gar nicht gehört, aber das war ganz normal. Wenn sie so konzentriert war, hätte sie es nicht mal mitbekommen, wenn ich einen Handstand gemacht hätte.

Oder wenn ich mich aus dem Atelier schleichen und mein Delfinmädchen besuchen würde, dachte ich.

Allein der Gedanke ließ mein Herz höher schlagen. Ich mich rausschleichen? Ich? Niemals. Ich verstieß doch nie gegen die Regeln. Ich traute mich doch nie irgendetwas. Das behauptete Julia jedenfalls immer.

Also schlug ich wieder mein Buch auf und starrte auf die Seite. Aber ich sah sie nicht wirklich. Warum versuchte ich es nicht einfach? Ich könnte ja nur mal zur Tür des Ateliers laufen – dann würde ich schon sehen, ob etwas passierte. Sollte Nia zufällig aufblicken, könnte ich immer noch so tun, als wollte ich zur Toilette am Eingang.

Doch wenn sie mich nicht erwischte … ich schloss die Augen und sah sofort die Delfindame vor mir, wie sie mich beim letzten Mal angeblickt hatte. Als wüsste sie, dass sie mir wichtig war und dass ich auf sie aufpassen wollte.

Hinter meinen geschlossenen Augen schwamm die Delfindame ihre Runden. Ich musste unbedingt zu ihr. Ich wusste nicht genau wieso, aber es musste sein.

Ich stand auf und steckte mein Handy in die Hosentasche, das Buch und den anderen Kram ließ ich auf dem Sofa liegen. Dann spazierte ich so unauffällig wie möglich zur Tür. Einmal warf ich einen Blick über die Schulter, aber Nia kauerte immer noch mit dem Rücken zu mir vor ihrem Materialhaufen. Mein Herz klopfte so laut, ich wunderte mich fast, dass sie es nicht hören konnte. Noch fünf Schritte bis zum Ausgang, noch vier, drei, zwei … und schon schob ich vorsichtig den Riegel zurück, öffnete leise die Tür und schloss sie hinter mir.

Draußen sank ich gegen die raue Ziegelmauer und atmete in der schwülen Sommerluft mehrmals hektisch ein und aus. Ich war wirklich keine geborene Gesetzesbrecherin! Aber jetzt, wo ich sowieso schon gegen die Regeln verstoßen hatte, konnte ich es auch ausnutzen. Ich würde nur kurz zum Kanal laufen, nach dem Delfinmädchen sehen und gleich wieder zurückkommen. Mit etwas Glück könnte ich mich später unbemerkt ins Atelier schleichen, und Nia würde nie von meinem Ausflug erfahren.

Halb im Gehen, halb im Rennen eilte ich zum Kanal. Als ich den Parkplatz überquerte, sah ich jemanden auf der Wiese an der Einbuchtung stehen – es war eine junge Frau mit einem Buggy. Von Näherem entdeckte ich auch den kleinen Jungen, der an den Zaun geklammert ins Wasser starrte.

Die Frau bemerkte meine eilenden Schritte und drehte sich abrupt um, doch bei meinem Anblick entspannte sie sich und konzentrierte sich wieder auf ihr Kind.

Auch der Kleine drehte sich um. Sein Gesicht war rot und blau und gelb verschmiert – wahrscheinlich von dem riesigen Lolli, den er fest in einer Hand hielt. »Fischli!«, rief er. »Mama, Fischli! Fischli!«

»Ja, Fischli.« Die Frau machte einen Schritt nach vorne. »Na so was, da ist ja wirklich ein Fischli!«

Die beiden beobachteten die Delfindame. Jetzt, wo ich näher kam, sah ich sie auch. Sie schwamm recht nah am Ufer auf der Stelle und sah den Kleinen irgendwie neugierig an.

»Fischli!«, schrie er noch einmal.

Ich riss mich zusammen und erklärte ihm nicht, dass Delfine gar keine Fische waren. Schweigend sah ich zu, wie das Delfinmädchen kurz unter- und dann noch näher wieder auftauchte.

Als ich eine Bewegung im Augenwinkel bemerkte, sah ich zur Seite – der Kleine hatte den Arm hochgerissen. »Was Süßes für Fischli!«, rief er begeistert.

»Nicht!«, platzte ich heraus.

Der Kleine erstarrte in der Bewegung und musterte mich erstaunt.

Sofort stand die Mutter neben ihm und legte ihrem Sohn schützend die Hand auf den Kopf. »Was hast du da gesagt?«

»Ich, äh … ich dachte, er will das Ding da ins Wasser werfen.« Ich deutete auf den Lolli. »Wenn das Delfinmädchen das frisst, könnte es davon krank werden.«

Für einen Moment glotzte mich die Frau stumm an, als hätte ich ihrem Sohn ein schweres Verbrechen vorgeworfen. »Was soll's«, zischte sie schließlich. »Komm, Schatz. Hier draußen ist es sowieso viel zu heiß.«

Mit diesen Worten setzte sie den Kleinen unsanft in den Buggy und ignorierte dabei sein empörtes Kreischen. Der Lolli landete im Gras, wo sofort der Dreck daran kleben blieb. Mmmhh, *lecker.* Ich schüttelte mich und war heilfroh, dass der Junge das Ding nicht ins Wasser geworfen hatte. Vielleicht hätte die Delfindame es sowieso nicht gefressen, aber ich wollte es nicht darauf ankommen lassen.

»Hey, du«, rief ich leise, sobald die junge Mutter und ihr Sohn außer Sichtweite waren. »Wie geht's dir?«

Die Delfindame schwamm noch immer an der Oberfläche. Mit einem Zwitschern tauchte sie unter, steckte aber bald wieder den Kopf aus dem Wasser und schien mich dabei anzulächeln.

Ich lächelte zurück. Sie war so schön! Vor meinen Augen verschwamm der dreckige Kanal zu einem Wunschbild: Ich sah sie mit ihrer Schule durch die Wellen springen und fliegen …

Dann blickte ich mich um. Die Realität war leider ernüchternd. Was würde passieren, wenn jemand anderes vorbeikommen und etwas ins Wasser werfen würde? Den kleinen Jungen hatte ich gerade noch davon abhalten können, aber Zach und seine Freunde hatten Steinchen hineingeworfen. Und es gab so viele dumme und gemeine Menschen, denen einfach alles zuzutrauen war.

Eigentlich musste ich schleunigst zurück zum Atelier. Aber ich konnte nicht. Ich musste einfach noch ein bisschen bleiben. Ich musste auf das Delfinmädchen aufpassen.

»Wenn Nia irgendwann merkt, dass ich abgehauen bin, flippt sie aus.« Ich setzte mich ins Gras. »Das gibt Ärger. Aber egal. Wenn ich dafür für dich da sein kann, komme ich schon damit klar.«

Die Delfindame schwamm noch immer auf der Stelle und beobachtete mich. Und zwitscherte leise, fast als hätte sie mich verstanden.

»Ich heiße übrigens Lily«, sagte ich und winkte ein bisschen. »Hmm, wie du wohl heißt?«

Ein scharfes Pfeifen, dann tauchte das Delfinmädchen wieder unter. Diesmal blieb es mehrere Minuten auf Tauchstation – ich fragte mich schon, ob es jemals wieder zurückkehren würde. Am Ende hatte es endlich einen Weg aus dem Kanal gefunden? Wenn sich bis in fünf Minuten nichts tat, würde ich zum Atelier zurücklaufen. Womöglich könnte ich mich noch hineinschleichen, ohne dass Nia etwas davon mitbekam.

Ich zog mein Handy hervor und behielt die Zeitanzeige im Auge. Drei Minuten vergingen. Dann fünfzehn Sekunden. Noch mal zehn Sekunden …

Da war sie wieder! Fast im Sprung tauchte die Delfindame auf, es platschte laut, dann rollte sie sich auf den Bauch. Ich lächelte. Auf der einen Seite freute ich mich über das Wiedersehen, auf der anderen machte es mich traurig, dass sie noch immer in dem schmutzigen Kanal festsaß.

»Gefällt's dir so gut im Gowanuskanal?«, fragte ich mit einem halben Lächeln. »Vielleicht sollte ich dich einfach Gowanus-Girl nennen.«

Ich ließ mir den Namen ein paar Sekunden durch den Kopf gehen. Irgendwie klang er zu hart für so eine wunderschöne Delfindame. Außerdem war er viel zu lang.

»Gowanus«, murmelte ich nachdenklich. »Wie könnte man das abkürzen? Gowi? Nussi? Wanni?« Da kam mir eine geniale Idee. »Nicht Wanni – Wanda!«

Ich musste lächeln. Der Name gefiel mir sofort.

Die Delfindame sah mich aufmerksam an.

»Was meinst du?«, fragte ich. »Heißt du vielleicht Wanda?«

Sie zwitscherte und kam etwas näher. Damit war es entschieden! Meine Delfinfreundin hieß Wanda!

Eine halbe Stunde lang unterhielt ich mich mit Wanda, zumindest wenn sie gerade an der Oberfläche war. Mit der Zeit fiel mir auf, dass sie dabei immer näher zum Rand kam. Näher zu mir. So nah, dass ich sie fast berühren konnte …

Ich blickte mich um. Die meisten Autos standen am anderen Ende des Parkplatzes, beim Baumarkt. Von dort aus könnte mich kein Mensch beobachten. Ich hatte ja sogar ein bisschen Deckung: die Picknickbänke, die dürren Bäume auf der Wiese …

Als ich ungeschickt über den Zaun kletterte, kam ich mir trotzdem vor wie eine Verbrecherin. Es war ein komisches Gefühl, plötzlich auf der anderen Seite zu stehen, dicht am Rand des trüben Wassers, aber davon ließ ich mich nicht aufhalten. Ich ging in die Hocke, hielt mich mit einer Hand am Zaun fest und wartete darauf, dass Wanda sich wieder zeigte.

Als es so weit war, wirkte Wanda überrascht, dass ich auf einmal ganz in ihrer Nähe saß. Jedenfalls glaubte ich das aus dem Blick ihrer dunklen Augen abzulesen. Aber sie ergriff nicht die Flucht. Sie blieb, wo sie war.

»Hey, Wanda«, flüsterte ich. »Darf ich dich vielleicht …«

Ich streckte die Hand nach ihrer Schnauze aus. Zwischen meinen Fingerspitzen und Wandas glatter, grauer Haut waren nur noch wenige Zentimeter Abstand … doch da duckte sie sich weg und verschwand eilig unter Wasser. »Das war zu hektisch«, schimpfte ich leise mit mir. »Ich habe sie erschreckt.« Also musste ich abwarten. Bald tauchte Wanda erneut auf, allerdings mit etwas Sicherheitsabstand.

»Alles ist gut, Wanda«, rief ich in einem leichten Singsang. »Ich bin's nur, deine Freundin Lily.« Ich fügte ein paar Pfeif- und Zwitscherlaute hinzu, das konnte nie schaden. »Tut mir leid, dass ich dich erschreckt habe. Aber ich kann's verstehen, wenn dir die Leute Angst machen.« Mit einem Seufzen lehnte ich mich an den Zaun. »Ehrlich gesagt geht's mir in letzter Zeit ähnlich. Gerade die Leute, die ich eigentlich am besten kenne, sind plötzlich ganz anders. Oder vielleicht habe ich mich auch so verändert, dass ich nicht mehr in mein altes Leben hineinpasse …«

»Hey!«, rief jemand hinter mir.

Vor Überraschung wäre ich beinahe kopfüber in den Kanal gestürzt. »N-Nia?«, stammelte ich und lief rot an.

Natürlich war es Nia. Während sie über die Wiese gestapft kam, kletterte ich rasch über den Zaun und machte mich auf das Donnerwetter gefasst.

6

Nia baute sich vor mir auf und runzelte die Stirn. »Dachte ich mir doch, dass du dich hier herumtreibst, du kleine Ausbüxerin.«

»Tut mir leid.« Ich starrte auf meine Füße, um Nias funkelndem Blick auszuweichen. »Es tut mir wirklich leid, ganz im Ernst. Aber ich habe mir solche Sorgen um Wanda gemacht, ich musste einfach nach ihr sehen, und ich bin gerade rechtzeitig gekommen – ein kleiner Junge wollte ihr seinen Lolli zuwerfen! Und dann dachte ich mir, wenn jetzt noch irgendwer anders vorbeikommt und sie ärgert oder …«

»Entspann dich«, unterbrach Nia mich mit einem kleinen Lächeln. »Ich versteh schon. Ehrlich.«

»Ja?« Ich musste schlucken und warf einen vorsichtigen Blick auf ihr Gesicht. Ich war mir so sicher gewesen, dass ich bis zum Hals in Schwierigkeiten steckte. »Ich weiß, ich darf nicht einfach so abhauen. Wenn mein Dad das wüsste, er würde durchdrehen.«

»Jepp.« Nia zuckte mit den Schultern. »Aber er hat ja keine Ahnung. Oder sehe ich aus wie dein Dad?«

Endlich schaute ich ihr in die Augen. Sie wirkte nicht halb so wütend wie erwartet.

»Du … du bist mir gar nicht böse?«, fragte ich. »Ich dachte, du gehst mir bestimmt an die Gurgel …«

»Nur fast«, erwiderte sie. »Das heißt, eigentlich bin ich sogar ein bisschen stolz auf dich, Lilylein.«

»Stolz?« Jetzt kapierte ich gar nichts mehr. »Wieso das denn?«

»Dir ist etwas wichtig, und deshalb hast du dich gegen die aufgelehnt, die dir alles vorschreiben wollen. Wenn du mich fragst, ist das ganz schön cool.« Sie zwinkerte mir zu. »Auch wenn ich in dem Fall ›die da oben‹ bin, was eigentlich gar nicht zu mir passt. Verstanden?«

»Okay.« Ich kam immer noch nicht ganz mit. »Trotzdem, wenn mein Dad das herauskriegt …«

»Wird er nicht. Außer du erzählst es ihm.« Nia nahm meine Hand. »Komm, gehen wir zurück ins Atelier.«

»Oh. Na gut«, flüsterte ich deprimiert. Jetzt müsste ich den ganzen restlichen Tag auf dem zusammengeflickten

Sofa sitzen und mich pausenlos fragen, wie es Wanda ging.

Doch wie sich herausstellte, hatte Nia andere Pläne. Zurück im Atelier wetzte sie hin und her und stopfte alles Mögliche in ihren Rucksack: einen Skizzenblock, einige Bleistifte, einen Sonnenhut mit riesiger Krempe …

»Guck mal nach, ob oben auf dem Speicher noch diese beiden Liegestühle herumfliegen«, beauftragte sie mich.

Leicht verwirrt kletterte ich die Holzleiter an der Wand hinauf und krabbelte in den Stauraum über der Toilette. Hier räumte Nia alles hinein, was sie erst mal nicht gebrauchen konnte. Aber was hatte sie vor? Wollte sie die Liegestühle in ihre neueste Skulptur einbauen?

»Meinst du die hier?«, rief ich herunter und schob einen muffigen Klappstuhl über die Kante.

»Ja, davon sollten zwei da sein. Wirf sie einfach runter – und den Sonnenschirm auch. Außer die Motten haben ihn mittlerweile komplett aufgefressen.«

Ich tat, was sie sagte, auch wenn ich nicht wusste wieso, und kletterte wieder hinunter. Inzwischen stand Nia an der Kochnische und schmierte Erdnussbutter-Sandwiches.

»Was machst du da?«, fragte ich. »Ist es nicht ein bisschen früh fürs Mittagessen?«

»Schon. Aber wir kriegen sicher bald Hunger.« Nia

steckte die Sandwiches in eine Vorrartsdose. »Und nimm deine Bücher mit, ja? Wenn wir jetzt schon ein, zwei Tage lang auf dem Parkplatz kampieren müssen, solltest du dabei wenigstens ein paar Seiten weglesen.«

Endlich fiel bei mir der Groschen, und ich schnappte nach Luft. »Wir gehen auf Wanda aufpassen?!«

»Wanda? Wieso Wanda?«

»So heißt sie. Habe ich vorhin beschlossen.« Schnell erklärte ich Nia, wie ich darauf gekommen war. »Daaaaanke!«

»Kein Ding.« Nia steckte unseren Proviant in den Rucksack. »Bei mir sprudeln die Ideen heute sowieso nicht gerade. Aber vielleicht küsst mich ja die Muse, wenn ich noch eine Skizze von deiner verrückten Delfindame anfertige.«

Da konnte ich nicht anders, als sie mit aller Kraft zu drücken. »Ehrlich«, murmelte ich in Nias ausladenden Patchwork-Poncho. »Das ist so lieb von dir. Du bist die Beste.«

Als wir am Kanal ankamen, schaute ich als Allererstes nach Wanda, und sie begrüßte mich fast sofort. Danach bauten wir auf der Wiese an der Einbuchtung die Stühle auf. Der Schirm war leider so durchlöchert, dass er die Sonne kaum noch abhielt – doch nur kurze Zeit nachdem Nia einen ihrer Mitbewohner angerufen hatte, brachte der uns ein tragbares Radio und einen flippigen Sonnenschirm mit pinkfarbenen Federn vorbei.

»Und, wo ist jetzt der Delfin?«, fragte er. Nias Mitbewohner hieß Wallace, aber weil er auf praktisch jedem Zentimeter Haut tätowiert war, wurde er von allen nur Tinty genannt. Gebannt starrte ich auf den Schwertfisch auf Tintys Arm, der sich bei jedem Zucken seiner Muskeln bewegte.

»Da drüben.« Mit dem Kinn deutete Nia auf die Einbuchtung. Sie hockte auf einem der Picknicktische, zeichnete vor sich hin und nippte an einer Cola.

Kaum war Tinty zum Zaun spaziert, zeigte Wanda sich in ihrer ganzen Pracht. »Wow!«, rief er. »Da schwimmt echt ein Delfin drin!«

Nias Antwort bekam ich nicht mehr mit. Jetzt liefen nämlich gleich mehrere Leute vom Parkplatz herüber, eine Frau und zwei Männer. Ich schätzte sie auf Ende zwanzig.

»Hey, gibt's hier eine Party?«, fragte einer der Männer.

»Ja, aber die ist leider privat«, antwortete Nia mit einem selbstsicheren Lächeln. »Willst du trotzdem 'nen Keks?«

Sie hielt ihm eine Packung Oreos hin, die sie vorhin anscheinend heimlich eingesteckt hatte. Die beiden

Männer griffen gierig zu, doch ihre Freundin interessierte sich nur für den Kanal.

»Hey«, sagte sie, »was ist das da? Ist das ein Delfin?«

»Nee, oder?« Schon standen alle drei neben Tinty am Zaun, und der erklärte ihnen stolz, was es mit Wanda auf sich hatte.

Leicht besorgt sah ich mich nach Nia um. Wir waren doch eigentlich hier, um auf Wanda aufzupassen, aber bisher lockten wir immer mehr Leute zu ihr …

Nia fummelte gerade am Drehknopf des Radios herum und fand schließlich einen Sender, der ihr gefiel. »So«, sagte sie und drehte lächelnd die Lautstärke auf. Aber leise genug, dass es Wanda nicht stören würde. »Jetzt kann die Party losgehen.«

So ähnlich blieb es den ganzen Nachmittag über. Hin und wieder kamen Leute angelaufen, denen die Musik oder der pinkfarbene Sonnenschirm oder sonst etwas aufgefallen war. Einige davon entdeckten die Delfindame, andere nicht. Ein Kerl wollte seinen halben Donut an Wanda verfüttern, aber Nia konnte ihn gerade noch aufhalten, und ein alter Mann scherzte, dass er bei Wandas Anblick einen Bärenhunger auf Fisch bekomme. Doch im Großen und Ganzen waren die Leute nett.

Ich saß am Zaun in meinem Liegestuhl und las mein Buch, als es plötzlich in meiner Nähe schepperte. Ich blickte mich um – Nia schleifte eine eingedellte Stoßstange heran.

»Was soll das sein?«, fragte ich, steckte den Finger zwischen die Seiten und stand auf. Meine Beine waren ganz steif geworden.

»Cool, oder? Die lag einfach so auf dem Parkplatz herum.« Nia strahlte auf die Stoßstange hinab, die nun neben einer zerdrückten Putzmittelflasche, einem kaputten Blumentopf und einer alten Radkappe im Gras lag. »Ich glaube, das wird der Schwanz von meinem Delfin.«

»Was?« Ich brauchte einige Sekunden, um das zu verstehen. »Du … du willst eine Delfinskulptur bauen?«

»Wieso nicht? Wanda ist wirklich sehr inspirierend.« Nia lächelte erst mich an, dann das Delfinmädchen. »Egal, was für eine Skizze ich machen will, es kommt immer ein Delfin heraus. Also dachte ich mir, kann ich auch gleich damit anfangen. Hier liegt haufenweise brauchbares Zeug herum, und da drüben gäbe es noch mehr.« Sie zeigte zur 9th Street. Dort war eine große Verkaufsfläche, wo alte Möbel, Fensterrahmen und aller möglicher anderer Kram angeboten wurden.

»Cool«, murmelte ich, aber ich hatte ihr nicht richtig zugehört. Gerade steuerte Dani Levitski, ein Mädchen aus meiner Klasse, mit ihrer Mutter auf uns zu, beide mit Plastiktüten aus dem Baumarkt beladen.

»Hey, Lily! Dachte ich mir doch, dass du das bist!« Dani lächelte mich herzlich an und schob ihre Brille auf der Nase nach oben. »Ich habe von dem Delfin gehört.«

»Echt? Von wem?«

»Der Freund von meiner Schwester ist heute Vormittag hier vorbeigekommen und hat ihn gesehen. Aber wo ist er?«

Wir hatten so viel Besuch gehabt, dass ich keine Ahnung hatte, wen sie meinte, doch das hätte auch nichts geändert. Dani rannte schon zur Absperrung, und ich folgte ihr.

Ihre Mutter blickte auf die Uhr. »Beeil dich, Dani. Wir haben noch was zu erledigen.«

Statt zu antworten, klammerte Dani sich an den Zaun und beobachtete Wanda fasziniert. »Ist das cool! Ein echter Delfin!«

Sie hatte eine ziemlich schrille Stimme – kein Wunder, dass Wanda vor ihr erschrak. Schlagartig tauchte sie unter.

»Ist der schön!«, kreischte Dani, als hätte sie nicht gemerkt, dass sie Wanda verscheucht hatte. »Aber wie ist er überhaupt da reingeraten?«

Ich lächelte angestrengt. Jedem, der hier vorbeikam, musste ich es bis ins Kleinste erklären – wie oft denn noch? Andererseits konnte ich die Leute verstehen. Einen Delfin in Brooklyn sah man wirklich nicht alle Tage.

»Wir schätzen, sie hat sich einfach verirrt«, sagte ich. »Aber wir hoffen, dass sie bald von selbst zu ihrer Schule zurückschwimmt. Das ist die Gruppe, in der sie lebt, Delfine sind nämlich keine Einzelgänger, und …«

»Komm jetzt, Dani!«, schnitt Mrs Levitski mir das Wort ab. »Wir müssen weiter.«

»Sorry.« Dani lächelte mich zerknirscht an. »Hey, kommst du morgen mit zum Skaten? Olivia hat dir doch Bescheid gesagt, oder? Hat sie jedenfalls erzählt.«

Olivia Choi redete über mich? Das war ja eine Überraschung. »Äh … ich bin mir noch nicht so sicher«, antwortete ich. »Es kommt ganz darauf an, du weißt schon …« Ich deutete vage auf die Stelle, wo Wanda eben noch geschwommen war.

»Dani!«, rief Mrs Levitski in schärferem Ton. »Jetzt!«

»Ciao«, sagte Dani und eilte davon.

Erschöpft ließ ich mich in meinen Liegestuhl fallen. Neben mir fuhrwerkte Nia mit der Putzmittelflasche und der Radkappe herum, anscheinend wollte sie beides irgendwie ineinanderklemmen. »Macht einen netten Eindruck, deine Freundin«, meinte sie geistesabwesend.

»Wir sind eigentlich gar nicht befreundet.« Ich stand auf, damit ich Nia besser bei der Arbeit zusehen konnte. »Ich kenne sie nur von der Schule.«

Nia sah mich verwundert an – doch bevor ich noch etwas sagen konnte, riss sie die Augen weit auf und spähte auf etwas, das sich hinter mir befand. »So was. Ich glaube, wir kommen in die Nachrichten!«

Ich warf einen Blick über die Schulter. Ganz in unserer Nähe hatte ein Kleinbus mit dem Logo eines Lokalsenders gehalten. Ein dicklicher, verschwitzter Mann in einem übergroßen Leinenhemd und eine hübsche Frau stiegen aus. Die Frau kannte ich aus den Nachrichten. Immer wenn es etwas Interessantes aus Brooklyn oder Queens zu berichten gab, war sie zur Stelle.

»Wir haben von dem Delfin gehört«, verkündete der Mann. »Könnten wir ein paar Aufnahmen machen?«

»Aber klar doch«, sagte Nia. »Die Delfindame ist gleich da drüben. Sie heißt Wanda. Und das ist Lily. Sie hat Wanda entdeckt.«

»Du warst das?« Die Reporterin musterte mich neugierig.

Schnell wich ich einen Schritt zurück. »Ich will nicht ins Fernsehen.« Wenn in den Abendnachrichten zu sehen wäre, wie ich am Kanal herumhing … meine Eltern würden glatt vom Stuhl fallen!

Die Reporterin zuckte mit den Schultern. »Auch gut. Aber irgendein Interview brauchen wir.« Sie drehte sich zu Nia um. »Würden Sie vielleicht ein paar Worte sagen?«

»Gerne. Aber nur, wenn ich dabei meine Kunstwerke erwähnen darf«, erwiderte Nia lächelnd. »Irgendwie muss man ja Geld verdienen, oder?«

Der Mann gluckste. »Na, meinetwegen«, sagte er und rief mit einem Wink in Richtung Kleinbus: »Aufbauen!«

Ich sah vom Zaun aus zu, wie das Fernsehteam eilig Kameras und Mikrofone vorbereitete. Währenddessen frischte eine Assistentin das Make-up der Reporterin auf.

Plötzlich schallte eine laute Stimme vom Parkplatz herüber. »Was ist hier los?«

Ein Mann um die vierzig im Kurzarmhemd mit gestreifter Krawatte stakste auf uns zu und blickte ärgerlich vom einen zum anderen. »Sie wissen schon, dass das hier Privatbesitz ist?«

»Oh-oh«, flüsterte ich.

Das bekam der Mann wider Erwarten sogar mit. Kurz drehte er sich zu mir und begutachtete die Liegestühle und den Sonnenschirm mit finsterer Miene, dann wandte er sich wieder an Nia und die Fernsehleute und schimpfte drauflos. Wie sich herausstellte, war er der stellvertretende Filialleiter des Baumarkts.

Ich hielt mich im Hintergrund und beobachtete stattdessen Wanda, die in der Einbuchtung umhertauchte. Was, wenn er uns hinauswerfen würde? Dann könnte ich nicht mehr auf sie aufpassen. Und vielleicht dürften nicht mal mehr die Biologen hierherkommen. Wanda wäre ganz allein!

Keine Panik, sagte ich mir. Nia bearbeitete den Kerl schon mit ihrem schönsten Lächeln – wenn sie so lächelte, bekamen wir fast immer eine Kugel Eis gratis oder durften eine Extrarunde bowlen. Und die Reporterin half auch kräftig mit. Sie erklärte ihm, dass die Nachrichtenmeldung eine prima Werbung für den Baumarkt wäre.

Am Ende war der stellvertretende Filialleiter einverstanden und hörte brav zu, während die Reporterin vor der Kamera von Wanda erzählte. Ich passte auf, dass ich nicht ins Bild geriet, wartete ungeduldig ab und entspannte mich erst, als sie alle verschwunden waren. Endlich konnte ich mich wieder in Ruhe um Wanda kümmern.

An unserem zweiten Tag am Kanal blieb es zunächst eher ruhig. Es war so heiß und schwül, dass nur wenige Leute auf dem Parkplatz unterwegs waren. Bis zum Mittag kamen nur fünf, sechs Besucher vorbei – unter anderem der stellvertretende Filialleiter. Er war deutlich netter als am Vortag und brachte uns sogar gekühlte Wasserflaschen aus dem Laden mit.

»Sein großer Fernsehauftritt hat ihm wohl gefallen«, flüsterte Nia mir mit einem schelmischen Lächeln zu, als er wieder davonstapfte.

Ich musste fast losprusten. Ich hatte den Bericht in den Fünf-Uhr-Nachrichten gesehen, aber meine Familie hatte ihn zum Glück verpasst. Mom war noch in der Arbeit gewesen, Dad hatte gerade geduscht, und meine Brüder hatten sich in der Küche gestritten, was es zum Abendessen geben sollte. Noch war mein Geheimnis nicht ans Licht gekommen, doch in Sicherheit wiegen durfte ich mich auf keinen Fall. Früher oder später würde bestimmt jemand meine Eltern oder meine Brüder auf den Bericht ansprechen.

Darüber wollte ich mir aber jetzt nicht den Kopf zerbrechen. Wie sagte Nia immer? Sorgen kann man sich später immer noch machen. Vielleicht hatte sie ja recht. Mir jetzt Sorgen zu machen, würde auch nichts ändern, und dann konnte ich es auch gleich bleiben lassen.

Am frühen Nachmittag kamen mehr Leute vorbei. Die meisten hatten Nachrichten geschaut, andere hatten es am Vormittag über die Internetseite des Senders oder über soziale Medien wie Facebook und Twitter mitbekommen. Ein paar von ihnen gingen nach ihrem Besuch bei Wanda in den Baumarkt – dagegen hatte der stellvertretende Filialleiter bestimmt nichts einzuwenden.

Gleichzeitig nahm Nias Skulptur langsam Gestalt an. Morgens hatte Nia ein Gerüst aus dem Atelier mitgebracht, ein Drahtgittergestell auf einem Holzsockel. Solche Gerüste nutzte sie als Unterbau für fast alle ihrer Skulpturen. Den ganzen Tag lang bog sie den Draht zurecht und befestigte daran alles mögliche Zeug.

»Sieht schon ganz gut aus«, meinte ich und sah ihr beim Basteln zu. »Man erkennt schon, dass es ein Delfin werden soll!«

»Und das überrascht dich jetzt?« Nia grinste mich an, beäugte die Skulptur kritisch und riss ein Stück Glitzerstoff herunter, das sie gerade erst festgeklebt hatte. »Ehrlich gesagt bin ich bisher auch ziemlich zufrieden.«

Ich schaute ihr noch ein, zwei Minuten zu und ging dann zu Wanda. Kaum hatte ich nach ihr gepfiffen, tauchte sie auf. Ich lächelte. Sie schien sich an mich zu gewöhnen. Oder bildete ich mir das bloß ein?

»Nein«, sagte ich leise, denn das sollte nicht mal Nia mitbekommen. »Es stimmt wirklich. Wir freunden uns langsam an. Oder, Wanda?«

Mit einem Zwitschern kam sie näher, und ich überlegte, ob ich noch einmal versuchen sollte, sie zu streicheln. Plötzlich hörte ich Lärm hinter mir.

Ich drehte mich um und sah eine große Clique Mädchen in meinem Alter auf mich zumarschieren. An ihrer Spitze ging Olivia Choi. Sie hatte ein Paar zusammengeknoteter Inlineskates um den Hals hängen und ein breites Lächeln auf den Lippen.

»Hi, Lily!«, rief sie. »Dani hat gesagt, du steckst wahrscheinlich hier!«

Prompt trat Dani Levitski vor. »Ich habe den anderen erzählt, dass wir uns hier getroffen haben«, erklärte sie stolz. »Und dass du wahrscheinlich keine Zeit zum Skaten hast.«

»Schade, dass du nicht dabei warst.« Olivia spielte an den Schnürsenkeln ihrer Skates herum. »War sehr lustig. Aber vielleicht kommst du ja nächstes Mal mit?«

»Ja, vielleicht«, antwortete ich zurückhaltend.

Die meisten anderen Mädchen liefen zum Zaun, drängelten sich gegenseitig beiseite und hielten plaudernd und lachend Ausschau nach Wanda. Doch Chloe Darrow blieb bei Olivia, Dani und mir stehen. Chloe musste immer ganz genau über alles und jeden Bescheid wissen.

»Wann kommen Julia und Amber eigentlich aus dem Fußballcamp zurück?«, fragte sie. Ihre Stimme war immer einen Tick zu laut und furchtbar näselnd. »Die beiden fehlen dir bestimmt sehr. Wo ihr doch immer zusammen rumhängt.«

»Äh …« Ich wusste nicht, was ich antworten sollte. Olivia und Dani sahen mich abwartend an.

»Da ist sie!«, rief ein Mädchen am Zaun.

Puh, noch mal Glück gehabt! Wanda war aufgetaucht, und natürlich wollten alle einen Blick auf sie erhaschen – wirklich alle. Auch Olivia, Dani und Chloe rannten zum Wasser, auf mich achtete erst einmal niemand mehr.

Darüber war ich sehr froh. Ich wusste einfach nie, wie ich reagieren sollte, wenn mich jemand auf Julia und Amber ansprach. Meine beiden sogenannten besten Freundinnen hatten mich eiskalt im Stich gelassen.

Eigentlich wollte ich gar nicht daran denken, aber jetzt kam alles wieder hoch. Wie sie mich zuerst angebettelt hatten, mit ihnen ins Feriencamp zu fahren, obwohl ich auf etwas ganz anderes Lust gehabt hatte. Ich hatte von einem Meeresbiologie-Workshop in Maine gehört … Aber im Feriencamp wäre es doch viel lustiger, hatten Julia und Amber beteuert. Einen ganzen Monat lang Marshmallows überm Lagerfeuer grillen, im Kanu herumpaddeln, basteln und werken, durch die Wälder von New Jersey streifen, Bogenschießen … es wäre ein Riesenspaß.

Es hatte sich wirklich sehr lustig angehört, und deshalb hatte ich meine Eltern überredet, dass ich dort hinfahren durfte. Sie hatten es mir erlaubt und schon einen Betrag an das Camp überwiesen.

Dann hatte Julia von einem Fußballcamp gehört, das zur selben Zeit stattfand – und darauf hatten sie und Amber eben noch mehr Lust gehabt als auf das andere. Sie hatten sich einfach dafür angemeldet. Ohne mir Bescheid zu sagen. Klar, hinterher waren sie angerannt gekommen und hatten so getan, als wären sie fest davon ausgegangen, dass ich jetzt auch lieber ins Fußballcamp fahren würde. Dabei wussten sie doch, dass ich Fußball nicht mochte und mich generell nicht groß für Sport interessierte. Sie machten sich ständig über mich lustig, wenn ich in Sport den Ball ins Nirgendwo kickte.

Ich biss die Zähne zusammen, und vor Wut wurde mir gleichzeitig heiß und kalt. Am schlimmsten war es gewesen, es meinen Eltern zu beichten. Dad hatte gegrummelt, weil die Anzahlung nun futsch war, Mom hatte mich nur traurig angeschaut. Ich hatte ihnen gar nicht alles erzählt, aber sie wusste offenbar trotzdem, wie es in mir drin aussah.

Auch zu Julia und Amber war ich nicht ganz ehrlich gewesen: Ich hatte behauptet, mein Dad hätte es sich anders überlegt, dass sein Lieferwagen repariert werden müsste und ihm das Feriencamp deswegen dieses Jahr doch zu teuer wäre. Denn zuzugeben, wie sehr sie mich verletzt hatten, hätte nur *noch* mehr wehgetan.

»Hammercool!« Olivia Choi kam mit ihrem Smartphone auf mich zu, hielt es hoch und knipste kurzerhand ein paar Fotos von mir. Es ging so schnell, dass ich mich nicht dagegen wehren konnte. »Kaum zu glauben, dass da wirklich ein Delfin herumschwimmt.« Sie konzentrierte sich auf ihr Display, tippte ein paarmal. »So, gleich mal ein paar Bilder gepostet.« Sie lächelte. »Natürlich habe ich erwähnt, dass *du* sie entdeckt hast.«

Ich musste schlucken. Olivia war so beliebt … kaum auszudenken, wie viele Leute ihre Posts verfolgten! Was, wenn Julia und Amber die Fotos sahen? Was würden sie denken?

Oder noch schlimmer: Was, wenn meine Brüder die Fotos sahen? Sie könnten meinen Eltern davon erzählen, und dann wäre alles aus.

Ich hatte mir fest vorgenommen, mir keine unnötigen Sorgen zu machen, doch das fiel mir immer schwerer. Mein einziger Plan war, zu lächeln und so cool wie möglich zu tun, bis Olivia und die anderen sich endlich verabschiedeten.

Nia hatte weiter an ihrer Skulptur gearbeitet und kaum

auf die Mädchen geachtet. Als sie gegangen waren, blickte sie auf. »Die sind ja nett.«

»Ja, schon«, meinte ich, ging hinüber zum Zaun und stieß einen Pfiff aus. Es dauerte einige Sekunden, bis Wanda auftauchte, und dann sah sie mich nicht einmal richtig an.

Nia trat neben mich. »Sie wirkt ein bisschen schlapp, oder? Hoffentlich wird sie nicht doch krank von dem Dreckwasser.«

»Ja.« Angst durchzuckte mich. Nia hatte meine schlimmste Sorge ausgesprochen. »Sollen wir nicht lieber die Aquariumsleute anrufen?«

»Na ja, es waren noch keine zwei vollen Tage …«, meinte Nia. Sie zog trotzdem ihr Handy aus der Tasche. »Aber gegen eine kurze Nachricht können sie eigentlich nichts einzuwenden haben.«

Zwei Stunden später half ich Nia, ihre halb fertige Skulptur auf einen Rollwagen zu hieven, damit wir sie ins Atelier transportieren konnten. Ein Auto hielt in unserer Nähe, und Dr. Gallagher stieg aus, die Biologin aus dem Aquarium.

»Hallo zusammen«, begrüßte sie uns. Ihr Blick wanderte augenblicklich zum Wasser. »Sie ist also immer noch da?«

»Mm-hm«, machte ich und sah mich nach Wanda um. Sie schwamm an der Oberfläche. »Irgendwie benimmt sie sich ein bisschen komisch, als wäre sie müde. Wir haben Angst, dass sie vielleicht doch krank wird.«

Schweigend beobachtete Dr. Gallagher die Delfindame. Schließlich nickte sie, zückte ihr Handy und schrieb eine kurze Nachricht.

»Okay«, sagte sie dann zu Nia und mir. »Morgen früh bringen wir sie ins Aquarium.«

7

Am nächsten Morgen stellten Nia und ich fest, dass die Polizei den halben Parkplatz abgesperrt hatte. Noch dazu mussten wir uns durch eine große Menge von Schaulustigen drängeln.

»Tut mir leid, junge Damen«, sagte ein Polizist hinter der Absperrung. »Hier ist Endstation.«

»Aber wir gehören zu den Leuten vom Aquarium«, erwiderte Nia.

Er schüttelte den Kopf. »Das glaube ich kaum.«

Nia versuchte es mit Argumenten und mit ihrem netten Lächeln, während ich auf Zehenspitzen zum Kanal spähte. Doch ich konnte kaum etwas erkennen. Direkt davor parkte ein Lkw mit einem riesigen Stahlbehälter auf der Ladefläche, und in der Nähe standen ein Kranwagen und mehrere andere Fahrzeuge.

In *der* Kiste wollen sie Wanda transportieren?, dachte ich. Ich starrte entsetzt auf den Behälter. Da bekommt sie doch totale Angst …

»Bitte«, platzte ich heraus. »Bitte lassen Sie uns durch. Wanda braucht mich!«

»Wanda?« Der Polizist kratzte sich am Hals. »Wer ist Wanda?«

»Nicht so wichtig.« Nia zog mich am Arm zur Seite. »Eine Sekunde Geduld, okay?«, sagte sie. »Ich rufe Dr. Hernandez an.«

Als Nia sich das Handy ans Ohr hielt, drückte ich mit aller Kraft die Daumen. Nia musste den Biologen zwar überreden, aber schließlich legte sie mit einem Lächeln auf.

»Dürfen wir rein?«, fragte ich schnell.

»Jepp.« Nia steuerte die Absperrung an. »Komm. Wir sollen hier auf ihn warten.«

Zum Glück dauerte es nicht lange. Nur kurze Zeit später holte Dr. Hernandez uns hinter die Absperrung.

»Normalerweise dürfte ich euch gar nicht hier reinlassen«, sagte er und lächelte verschämt. »Aber ihr habt sie ja immerhin entdeckt, daher …«

»Vielen Dank, Doc«, antwortete Nia. »Das ist Lily wirklich sehr wichtig.«

Dr. Hernandez nickte mir zu. »Aber pass auf, dass du nicht im Weg stehst, ja? So ein Transport ist immer ein bisschen heikel.«

»Wie wollen Sie sie überhaupt auf den Laster bekommen?«, fragte ich. Am Kanal hatte ich mehrere Leute in Neoprenanzügen entdeckt, und daneben tummelten sich noch viele andere in normaler Straßenkleidung.

»Wir müssen sie in eine Schlinge treiben.« Dr. Hernandez deutete auf ein großes Stück Stoff, das vom Kranausleger baumelte. »Sie wurde speziell für Delfine entworfen – siehst du die Flossenlöcher? Wenn sie erst mal da drin steckt, können wir sie in den Behälter heben. Wenn das geschafft ist, werden mehrere Kollegen von mir hinten mitfahren und aufpassen, dass sie immer schön feucht bleibt und sich ihre Nervosität in Grenzen hält.«

»Was? In dem Behälter ist gar kein Wasser?« Ich war verblüfft. »Aber sie lebt doch im Meer!«

Dr. Hernandez nickte. »Wenn es eine längere Strecke wäre, müssten wir sie in einem Wassertank transportieren. Aber wir haben es nicht besonders weit, da wird es ausreichen, wenn wir sie von Hand feucht halten. Das ist unkomplizierter.«

Ich biss mir auf die Unterlippe und schob meine Sorgen so gut es ging beiseite. »Vielleicht könnten Sie ihr unterwegs ein bisschen aufmunternd zupfeifen. Das mache ich manchmal, und ich glaube, es gefällt ihr.«

»Guter Vorschlag«, sagte Dr. Hernandez lächelnd, doch sein Blick schweifte über mich hinweg zu den Leuten an der Einbuchtung. »Warum schaut ihr nicht von der Bank da drüben aus zu?«

Mit diesen Worten eilte er davon.

»Komm.« Nia zog mich an der Hand mit. »Wir müssen brav sein, sonst schmeißen die uns noch raus.«

Doch ich konnte unmöglich still sitzen. Ich trat von einem Bein aufs andere und beobachtete, wie sich die Aquariumsleute an die Arbeit machten. Zuerst stiegen die Mitarbeiter im Neoprenanzug ins Wasser und riegelten die Einbuchtung mit einem großen Netz vom übrigen Kanal ab.

»Igitt«, murmelte Nia. »Den Gestank kriegen die nie mehr raus, und wenn sie noch so heiß duschen …«

Sie wollte mich aufheitern, aber ich lächelte kaum über ihren Scherz. Gerade hatte ich Wanda entdeckt – sie hielt sich in der hintersten Ecke der Einbuchtung versteckt und tauchte pausenlos unter und wieder auf.

»Sie ist total nervös«, sagte ich. »Die müssen warten, bis sie sich wieder beruhigt hat.«

Nia trat mir sanft gegen das Bein. »Beruhig du dich erst mal, okay? Das sind Experten. Die machen das schon.«

Das hoffte ich auch. Nur woher sollte Wanda wissen, dass sie es mit echten Experten zu tun hatte? Als der Kran losbrummte und zum Rand des Kanals fuhr, schwamm Wanda noch aufgeregter als zuvor von einer Seite zur anderen. Der Fahrer schwenkte den Ausleger nach unten, und die Schwimmer zogen die Schlinge ins Wasser.

»Wie wollen sie Wanda dazu kriegen, in das Ding reinzuschwimmen?«, überlegte ich laut. Vor Angst schnürte sich mir die Kehle zu. »Sie traut sich nicht mal in ihre Nähe!«

Damit behielt ich recht. Immer wieder versuchte ein Trupp Schwimmer, Wanda in Richtung ihrer Kollegen zu treiben, die die Schlinge offen hielten. Doch Wanda tauchte jedes Mal ab oder flitzte davon. Ich konnte es nicht mehr mit ansehen.

»Ich muss ihnen helfen«, murmelte ich und lief los.

»Hey, bleib stehen! Was soll das werden?«, rief Nia verdutzt, aber ich achtete nicht auf sie. Wer fand es denn so toll, gegen die Regeln zu verstoßen, wenn einem etwas wirklich wichtig war? Genau das tat ich jetzt.

Ohne dass es die Aquariumsleute bemerkten, schlich ich zum Rand der Einbuchtung, kauerte mich hinter den Zaun und blickte durch die Metallstäbe hindurch ins Wasser.

Nur ein paar Meter entfernt schwamm Wanda auf der Stelle. Drei Schwimmer näherten sich ihr langsam und berieten sich dabei flüsternd. Das Delfinmädchen beäugte sie misstrauisch. Gleich würde es wieder auf Tauchstation gehen.

»Hey, Wanda!«, rief ich leise. Dann zwitscherte und pfiff ich ein paarmal.

Wanda blickte in meine Richtung und antwortete mit einem verunsicherten Zwitschern.

»Jetzt!«, befahl einer der Schwimmer.

Zu dritt näherten sie sich Wanda, und da sie gerade zu mir hinüberschaute, war sie nicht vorbereitet. Abrupt drehte sie sich um und wollte davonsausen – und landete direkt in der Schlinge!

»Erwischt!«, rief ein Mann im Wasser.

Es ging alles viel zu schnell, sowohl für mich als auch für Wanda. Die Schlinge schwebte in die Luft, und von Wanda sah ich nur noch die Brust- und Schwanzflossen, mit denen sie hilflos in der Luft wedelte. Ich musste schlucken und stieß einen weiteren Pfiff aus. Hoffentlich konnte sie mich hören.

Kurz darauf, als die Schlinge in den Behälter auf der Lkw-Ladefläche herabgelassen worden war, konnte ich Wanda gar nicht mehr sehen. Mehrere Aquariumsmitarbeiter kletterten eilig auf den Rand des Behälters, andere reichten ihnen Sprühflaschen hinauf. Dr. Hernandez und Dr. Gallagher sprachen mit dem Lkw-Fahrer.

Ich rannte zu ihnen. »Ich will helfen!«, schnaufte ich. »Wanda – also der Delfin – sie kennt mich. Ich kann hinten mitfahren und mit ihr reden und …« Ich deutete erklärend hinter mich, zu den Leuten auf dem Behälter.

Vor Verwunderung schossen Dr. Gallaghers Augenbrauen nach oben. »Was machst du hier?«, fragte sie. »Oder halt – ich will's gar nicht wissen.« Sie warf Dr. Hernandez einen misstrauischen Blick zu. »Das kommt jedenfalls nicht infrage. Tut mir leid, aber hier dürfen nur speziell ausgebildete Mitarbeiter mitfahren.«

»Es ist nicht zu ändern«, entschuldigte sich Dr. Hernandez bei mir. »Aber keine Sorge. Sobald Wanda sicher im Aquarium angekommen ist, schreibe ich deiner Freundin.«

Das genügte mir nicht. Ich hatte Wanda gefunden und nur meinetwegen war sie in die Schlinge geschwommen – das hatte zwar niemand mitgekriegt, aber trotzdem. Ich musste unbedingt dabei sein, wenn sie ausgeladen wurde! Was, wenn sie Panik bekommen würde? Und ich hätte es verhindern können!

»Aber sie braucht mich!«, rief ich lauter und ein bisschen schriller als beabsichtigt. »Bitte«, fügte ich leise hinzu. »Ich will doch nur helfen.«

Dr. Hernandez betrachtete mich mitfühlend. »Glaub mir, Lily, du hast ihr schon sehr geholfen. Ehrenwort.«

»Hey, Boss!«, rief einer der Leute auf dem Lkw. »Können wir dann los? Sie ist nicht besonders gut drauf.«

»Jepp, wir fahren!«, antwortete Dr. Hernandez, gab dem Fahrer einen Wink und eilte zu einem der geparkten Autos in der Nähe.

Ich biss die Zähne zusammen und fühlte mich unendlich nutzlos. Vielleicht könnte ich heimlich mitfahren, indem ich mich an der hinteren Stoßstange des Lkws festhielt …

Hatte Nia meine Gedanken gelesen? Jedenfalls stand sie plötzlich neben mir und packte mich an der Hand. »Keine Sorge«, sagte sie und zerrte mich aus dem Weg, denn gerade brüllte der Motor des Lkws auf. »Ich hab da hinten meinen Kumpel Basim entdeckt. Der hat einen Wagen.«

Zuerst verstand ich kein Wort. Doch fünfzehn Minuten später sprangen wir ein paar Straßen weiter in ein ramponiertes Auto, und ein großer Typ, ungefähr in Nias Alter mit Irokesenschnitt und Nasenring, klemmte sich hinters Steuer.

»Ein echter Delfin bei uns in Brooklyn?«, rief Basim.

»Ist das abgefahren. Wenn du auftauchst, kann einfach alles passieren, Nia.«

»Das höre ich nicht zum ersten Mal«, erwiderte sie.

Basim lachte und warf mir im Rückspiegel einen kurzen Blick zu. »Bitte anschnallen, Lily! Kann sein, dass der Gurt unter der Rückbank vergraben ist.«

»Es lohnt sich aber«, stellte Nia fest. »Basim fährt wie ein Irrer.«

Das war ein bisschen übertrieben, aber er war schon ziemlich flott unterwegs. Trotzdem schafften wir es heil bis nach Coney Island, wo Basim uns vor dem Aquarium absetzte und uns viel Glück wünschte.

»Soll ich warten, damit ich euch wieder zurückkutschieren kann?«, fragte er noch.

»Nicht nötig.« Nia rutschte vom Beifahrersitz und stieß ihre Faust gegen seine. »Wir nehmen die U-Bahn.«

»Danke fürs Fahren!«, sagte ich.

Basim salutierte mir grinsend und brauste mit qualmendem Auspuff davon. Ich hatte inzwischen auf dem Parkplatz des Aquariums den Lkw entdeckt.

»Wie's aussieht, haben sie Wanda schon ausgeladen«, meinte Nia. »Das ging aber schnell.«

Der Weg zu Basims Wagen hatte uns zu viel Zeit gekostet, wir hatten Wandas Ankunft verpasst. »Gehen wir rein«, sagte ich. »Vielleicht dürfen wir zu ihr.«

Drinnen bog Nia zur Toilette ab. »Ich komme gleich nach!«, meinte sie. »Guck du schon mal, ob sie dich backstage lassen, wenn du lieb fragst.«

Ich wusste genau, wo man vom öffentlichen Teil des Aquariums aus »hinter die Bühne« gelangte, wie Nia es ausgedrückt hatte – also zu den Labors, Büros und den separaten Wassertanks. In den letzten Jahren hatte ich unzählige Mitarbeiter durch diese Tür gehen sehen, aber ich selbst hatte sie noch nie durchquert.

Jetzt stand ich ein paar Meter von der Tür mit der Aufschrift *Zutritt nur für Personal* entfernt. Wieso klopfte ich nicht einfach an? Sie könnten mich höchstens wegschicken.

Doch ich traute mich irgendwie nicht. Lieber wartete ich auf Nia. Die war doch viel mutiger als ich …

In diesem Moment öffnete sich die Tür von selbst, und Dr. Hernandez kam heraus. Er trug einen weißen Kittel.

Natürlich entdeckte er mich sofort. »Lily!«, rief er verwundert. »Wo kommst du denn her?« Auf seinem ernsten Gesicht blitzte ein Lächeln auf. »Bist du etwa als blinde Passagierin im Lkw mitgefahren?«

»Ich hab drüber nachgedacht«, sagte ich unüberlegterweise. Dann räusperte ich mich. »Ähm … nein, nein. Ein Freund von Nia hat uns gefahren. Ich dachte mir, ich, äh … ich könnte vielleicht …

na ja …« Ich stolperte über meine Worte. Was war bloß los mit mir?

Aber Dr. Hernandez lächelte immer noch. »Willst du vielleicht deine neue Freundin besuchen? Sie richtet sich gerade in ihrem vorübergehenden Zuhause ein.«

»Darf ich wirklich?« Ich konnte es kaum glauben. »Danke! Das heißt, ja, ich will unbedingt!«

Dr. Hernandez hielt mir die Tür auf. Am Anfang fand ich es »backstage« allerdings nicht besonders aufregend – ich sah bloß einen langen Flur. Doch als wir die nächste Tür passierten, gelangten wir ins Hauptlabor.

Und das war unglaublich! Überall tummelten sich Angestellte in weißem Kittel, es gab Unmengen technischer Geräte und in vielen Wassertanks waren Korallen, Fische und andere interessante Meerestiere zu entdecken. Aber mein Augenmerk lag auf etwas ganz anderem: In einem riesigen Tank an der hinteren Wand des großen Raums schwamm Wanda!

»Komm, sag ihr Hallo.« Dr. Hernandez blickte auf die Uhr. »Und wenn du Fragen hast, ich bin gleich wieder da.«

»Danke«, murmelte ich geistesabwesend und bekam kaum mit, wie er sich zum Gehen wandte.

Die Augen fest auf Wanda gerichtet, lief ich hinüber zum Tank. Sie bewegte sich träge und wirkte ein bisschen verwirrt, doch zum ersten Mal sah ich sie in klarem Wasser schwimmen und nicht in der trüben Gowanus-Brühe. Und zum ersten Mal sah ich sie von der Schnauze bis zu den Schwanzflossenspitzen. Sie war wunderschön!

»Hallo, hübsche Dame«, flüsterte ich und legte meine Hand behutsam auf die Scheibe, als Wanda an mir vorbeischwamm. Der Tank war ein bis zwei Meter höher als ich, und über eine Gerüstleiter konnte man auf eine lange Gitterplattform klettern, die sich am oberen Rand befand. Von dort aus fütterten die Angestellten wahrscheinlich die Tiere und beobachteten sie … könnte ich nicht einfach kurz dort hinaufsteigen und mich mit Wanda unterhalten? Oder würde ich dann Ärger kriegen?

Ich überlegte noch, als ich im Augenwinkel jemanden zügig auf mich zukommen sah. Oh-oh. Es war Susan, die Wasserexpertin von vor ein paar Tagen!

»Wer bist du, und was hast du hier zu suchen?«, fragte sie scharf.

Anscheinend erinnerte sie sich nicht an mich – da hatte ich noch mal Glück gehabt. Aber sie schaute kein bisschen freundlicher drein als beim letzten Mal.

»Äh … Dr. Hernandez hat mich reingelassen«, antwortete ich verunsichert und sah mich suchend um. Doch er war noch nicht zurückgekehrt, und auch Dr. Gallagher war nirgends zu entdecken. »Er hat mir erlaubt, Wanda zu besuchen.«

»Wanda? Wer soll das sein?«

»Das Delfinmädchen. Ich nenne es Wanda.« Ich deutete erklärend auf den Tank. »Ich hab sie nämlich entdeckt.«

»Hmpf«, machte Susan und sah mich mit schmalen Augen an. »Das muss ich mit Dr. Hernandez abklären.«

Sie ging rasch davon. Doch als ich gerade erleichtert aufatmen wollte, kam schon jemand anderes angelaufen. Zu meiner Überraschung war es wieder ein bekanntes Gesicht – es war der Junge, der mich bei den Walrössern angesprochen hatte! Eddy hatte mir erklärt, er mache hier ein Schülerpraktikum.

»Hi«, sagte der Junge mit einem schüchternen Lächeln. »Tut mir leid wegen Ms Butler, die ist immer so fies drauf.« Er blickte sich besorgt um, als befürchtete er, Susan stünde direkt hinter ihm. »Du hast also die Delfindame im Kanal entdeckt? Ich habe dich eben mit meinem Dad hereinkommen sehen, deswegen dachte ich mir das schon.«

»Du meinst, mit Dr. Hernandez? Er ist dein Dad?« Das leuchtete mir ein. Eddy hatte schließlich erzählt, dass der Vater des Jungen hier als Biologe arbeitete.

»Ja, ich bin Peter Hernandez.« Er lächelte. »Und wie heißt du?«

»Ich bin Lily Giordano.« Es war ein merkwürdiger Moment, als müssten wir uns jetzt eigentlich die Hand schütteln oder so. Aber Peter ließ sie in den Hosentaschen stecken, und so verschränkte ich bloß die Arme vor der Brust. »Das stimmt übrigens. Ich habe Wanda entdeckt.«

»Wanda?« Peter legte den Kopf schief wie ein Papagei, der Menschen nicht recht versteht.

»Ja, so nenne ich sie.« Ich nickte hinüber zu Wanda und erklärte ihm kurz, wie ich auf den Namen gekommen war.

»Cool«, sagte Peter lachend. »Wanda … das gefällt mir.« Doch als er einen Blick zum Tank warf, verfinsterte sich seine Miene ein wenig. »Ich ärgere mich nur, dass mein Dad mir nicht erlaubt hat, beim Transport dabei zu sein. Das hätte ich wirklich gerne … Moment. Warst du dabei? Hast du's gesehen?«

»Ja«, antwortete ich. »Ich war dabei.«

»Cool! Gibst du mir ein Interview für meinen Blog? Ich muss unbedingt berichten, was es von Wanda Neues gibt.«

»Du hast einen Blog?« Sofort dachte ich an den, den ich vor Kurzem entdeckt hatte. »Warte mal … bist du etwa Peter Fisch?«

Peter machte große Augen. »Woher … du kennst meinen Blog?«

»Ja, ich bin erst neulich drüber gestolpert.« Ich starrte Peter an. Dass dieser völlig normale Junge diese ganzen spannenden Artikel geschrieben hatte … »Aber ich wäre nie draufgekommen, dass Peter Fisch so jung ist!«

»Danke.« Peter grinste. »Also gibst du mir ein Interview?«

Ich musste schlucken. Irgendwie hatte ich das Gefühl, in der Falle zu sitzen. Halb Brooklyn hatte bestimmt schon Fotos von Wanda und mir auf Facebook und Co. gepostet, Nia hatte im Fernsehen über Wanda geplaudert und wenn ich jetzt auch noch namentlich und mit Bild in einem Blog auftauchte, den jeder sehen konnte … nein, das hatte mir gerade noch gefehlt!

»Lieber nicht«, sagte ich deshalb. »Tut mir leid, aber ich … na ja …«

»Oh.« Peter wirkte enttäuscht. »Ist natürlich kein Problem, falls du zu schüchtern bist. Ich dachte nur …«

Auf einmal wollte ich nur noch weg. Ich suchte verzweifelt nach Worten, aber mir fiel nichts ein, also wandte ich mich ab und beobachtete Wanda. Sie schwamm in der Mitte ihres Tanks.

»Na ja …«, fing Peter an.

»Peter!« Aus heiterem Himmel war sein Dad aufgetaucht, und er trug mehrere Eimer in beiden Händen. »Könntest du mal mit anpacken?«

»Komme sofort!« Mit einem kurzen Blick entschuldigte Peter sich bei mir und eilte zu Dr. Hernandez. Als ich ihm hinterherschaute, grub sich der Neid in mich hinein wie ein Aal in ein Korallenriff. Peter wirkte eigentlich ganz nett, aber dass er hier ein Praktikum machen durfte, nur weil sein Vater im Aquarium arbeitete – das war einfach unfair! Er könnte Wanda jeden Tag besuchen, solange sie hier war, und ich? Ich müsste Nia jedes Mal anbetteln, ob wir noch mal hierherfahren könnten. Und wenn meine Eltern dahinterkommen sollten, dass ich wegen Wanda die bescheuerte Sommerferien-Leseliste vernachlässigte …

Mein summendes Handy unterbrach meine Gedanken. Es war eine Nachricht von Nia: Ihr war gerade eingefallen, dass sie versprochen hatte, ein Paket anzunehmen, und dazu müsste sie den ganzen Nachmittag im Atelier sein. Wir mussten also dringend los.

»Mach's gut, Wanda«, flüsterte ich und drückte die Hand fest auf die Scheibe. »Ich komme dich so schnell wie möglich wieder besuchen.«

8

Der nächste Tag war ein Freitag, und das bedeutete: Wenn ich nicht ewig auf meinen nächsten Besuch bei Wanda warten wollte, musste ich an diesem Tag zu ihr. Mom arbeitete am Wochenende nicht und Dad wenn möglich auch nicht, außer es gab irgendwo einen Wasserrohrbruch. Ich würde also zwei ganze Tage mit meinen Eltern zu Hause festsitzen. Bis Montag, dann kümmerte sich wieder Nia um mich.

Als ich Nia das erklärte, hatte sie sofort Verständnis, doch sie ärgerte sich über den weiten Weg zum Aquarium. »In letzter Zeit wohnen wir ja fast schon in der U-Bahn. Dabei will ich doch meine Delfinskulptur fertig kriegen. Und mit deiner Leseliste geht es auch nicht wirklich voran.«

Ups. Und ich hatte schon gehofft, sie hätte die Liste vergessen. »Ich schaue, dass ich auf der Hin- und Rückfahrt so viel wie möglich schaffe und am Nachmittag auch«, sagte ich. »Ich versprech es dir. Und wenn du willst, helfe ich dir dann auch mit deiner Skulptur.«

»Na gut.« Nia seufzte laut, doch im nächsten Moment strahlte sie wieder. »Wenn du so Feuer und Flamme bist, kann ich ja sowieso nie Nein sagen, Lilylein. Aber wir bleiben heute nur kurz, abgemacht?«

»Abgemacht! Danke!« In Gedanken war ich längst bei Wanda. Wie es ihr wohl ging? Wie sie wohl ihre erste Nacht in ihrem vorübergehenden Zuhause überstanden hatte?

Im Aquarium schrieb Nia eine Nachricht an Dr. Hernandez, und der schickte jemanden vorbei, der uns ins Labor ließ. Neugierig sah Nia sich in dem großen Raum um.

»Wow«, murmelte sie. »Ist schon ganz cool hier. Wer weiß, vielleicht arbeitest du mal hier.«

»Ja, vielleicht«, stimmte ich ihr zu, aber im Stillen dachte ich: Aber nicht, wenn meine Familie dabei irgendetwas mitzureden hat.

Dr. Hernandez führte gerade in einem der Büros ein Telefongespräch, aber dafür entdeckte ich Dr. Gallagher. Sie sprach mit einem Mann, der sich über ein Mikroskop beugte und auf einem Hocker in der Ecke saß. Ms Butler, besser bekannt als Susan, die miesepetrige Wasserexpertin, hantierte an einem Tisch mit Messbechern und Wasserfläschchen. Ein Glück, dass sie mit dem Rücken zu mir saß und mich deshalb nicht bemerkte.

Doch ich wollte sowieso nicht die Aquariumsleute besuchen. Ich schaute hinüber zu Wanda.

Wanda trieb knapp über dem Boden des Wassertanks und zuckte lustlos mit den Flossen, ohne sich dadurch von der Stelle zu bewegen. Ich rannte auf sie zu und pfiff dabei, aber konnte sie mich durch die dicke Glasscheibe überhaupt hören? Wenn ja, ließ sie es sich nicht anmerken.

Nias Blick wanderte an dem Gerüst hinauf, das mir schon bei meinem ersten Besuch aufgefallen war. »Von dort oben könnte sie dich vielleicht besser sehen und hören.«

»Wahrscheinlich«, sagte ich. »Aber ich glaube, ich darf da nicht hoch. Und ich will ja nicht rausfliegen.«

Darüber schüttelte Nia nur den Kopf. »Was kann das denn schaden?« Dann überlegte sie. »Okay, ich sollte dich nicht andauernd anstacheln, aufmüpfig zu werden. Sekunde …«

Sie eilte davon, und als sie kurz darauf mit Dr. Gallagher zurückkehrte, erklärte sie ihr schon im Gehen, wieso ich ihrer Meinung nach näher an Wanda heranmusste.

»Ich weiß nicht …« Dr. Gallagher warf erst einen zweifelnden Blick auf mich, dann auf die Stahlplattform oben auf dem Gerüst. »Eigentlich dürfen dort nur Tierpfleger und Forscher hinauf.«

»Kein Problem«, sagte ich schnell, denn ich wollte keine Schwierigkeiten machen – Hauptsache, ich durfte im Labor bleiben! »Das verstehe ich natürlich.«

»Aber Lily kann mit dem Delfin kommunizieren«, erklärte Nia der Biologin. »Wanda reagiert auf sie, ich hab's mit eigenen Augen gesehen.«

»Wirklich?« Dr. Gallagher musterte mich aufmerksam. »Interessant. Es ist bekannt, dass Delfine rasch eine Bindung zu Menschen eingehen. Und zu beobachten, wie ein eigentlich frei lebender Delfin in einer solchen Situation reagiert, das wäre nicht uninteressant.« Sie sah Nia an. »Sie haben die Aufsichtspflicht für das Mädchen?«

»Sicher«, antwortete Nia. »Also, wenn Sie wissen wollen, ob ich ihr offiziell erlauben kann, da raufzuklettern – absolut.«

Das hätte mein Dad möglicherweise ein bisschen anders gesehen, doch Dr. Gallagher hatte nichts mehr dagegen einzuwenden. »Also gut«, sagte sie zu mir. »Aber pass gut auf, ja?«

»Danke.« Sobald die Biologin verschwunden war, grinste ich Nia an. »Eigentlich muss ich mich vor allem bei dir bedanken.«

»Tja, manchmal muss man eben nur lieb fragen«, erwiderte sie augenzwinkernd. »Und jetzt rauf mit dir. Viel Spaß!« In dieser Sekunde summte ihr Handy, und Nia blickte aufs Display. »Oh, da sollte ich rangehen. Du findest mich dann schon, wenn du hier fertig bist.«

Während sie davonspazierte, kletterte ich vorsichtig auf die Plattform über dem Tank. Wanda bemerkte mich sofort und stieg an die Oberfläche.

»Hey, du«, sagte ich, als sie den Kopf aus dem Wasser streckte. »Wie geht's dir?«

Wanda antwortete nicht. Kein Zwitschern, kein Pfeifen. Sie schwamm lediglich für einen Moment an der Oberfläche, sah mich an und tauchte wieder unter.

Ich runzelte die Stirn. Sie verhielt sich wirklich komisch. Irgendetwas stimmte nicht mit ihr, aber was?

Das Knarren des Gerüsts riss mich aus meiner Grübelei, und ich stellte fest, dass Peter Hernandez zur Plattform hinaufkletterte.

»Hi, Lily«, sagte er. »Ich hab gehört, dass du wieder vorbeigekommen bist.«

Ich nickte, blickte aber schon wieder auf Wanda hinab. »Sie wirkt so schlapp. Glaubst du, sie ist krank?«

»Das ist sie wirklich.« Auch Peter beobachtete das Delfinmädchen. »Mein Dad und die anderen haben sie gestern noch durchgecheckt, als du weg warst. Sie hat eine leichte bakterielle Infektion.«

»Oh nein!«, rief ich. »Ist es schlimm?«

»Nein, nicht schlimm. Sie haben schon mit der Behandlung begonnen.«

»Oh. Das ist gut.« Vor Erleichterung sackte ich ein bisschen in mich zusammen. »Also wird es bald wieder besser?«

»Bestimmt! Und ich berichte immer in meinem Blog, wie es ihr gerade geht. Ich bin nur noch nicht dazu gekommen, ein Update zu schreiben, aber heute Abend lade ich ganz sicher eine lange Geschichte hoch.« Er blickte mir etwas schüchtern ins Gesicht. »Also falls du sie lesen willst …«

»Auf jeden Fall«, antwortete ich lächelnd. »Dann glauben dein Dad und die anderen, dass sie deswegen im Gowanuskanal gelandet ist? Wegen ihrer Krankheit?«

»Möglich.« Peter zuckte die Achseln. »Ich bin mir aber nicht sicher. Dr. Gallagher denkt eher, der Gowanuskanal hat sie erst krank gemacht.«

Der Gedanke an das Dreckwasser des Kanals ließ mich erschaudern. »Kann ich mir gut vorstellen.«

»Ich mir auch.« Peter lachte. »Aber alle hoffen, dass

sie bald wieder einigermaßen fit ist. Dann könnten sie sie vielleicht schon am Montag in der Upper Bay freilassen. Dort hat heute Morgen wieder jemand Delfine gesichtet.«

»Ihre Schule, meinst du?«

»Schätzungsweise. In der Bucht tauchen ja nur selten Delfine auf. Vielleicht suchen sie nach ihr.«

Als ich mir das vorstellte, fröstelte ich. »Hoffentlich warten sie auf Wanda.« Sie trieb nach wie vor ruhig im Wassertank, und ohne darüber nachzudenken, stieß ich ein paar Delfinpfiffe aus.

Peter riss die Augen auf. »Wow. Du hast dich genauso angehört wie ein Delfin!«

Ich spürte, wie ich rot anlief. »Ähhhm … ja. Ich habe ein paar Delfinlaute im Internet nachgeschaut und mir ein bisschen was beigebracht. Und jetzt versuche ich, auf die Art mit Wanda zu kommunizieren.«

Nachdenklich nickte Peter. »Zu dem Thema gab es auch schon wissenschaftliche Untersuchungen. Früher dachte man, wir Menschen könnten vielleicht die Delfinsprache erlernen. Aber dann hat sich herausgestellt, dass jeder einzelne Delfin ganz individuelle Pfeiflaute ausstößt.«

»Ja, davon habe ich gelesen.« Ich zuckte mit den Schultern. »Aber ich bin mir trotzdem ziemlich sicher, dass Wanda auf mich reagiert.«

Peter lächelte. »Wahrscheinlich ist sie einfach schwer beeindruckt, wie viel Mühe du dir gibst. Hey, das habe ich dich noch gar nicht gefragt – wie hast du sie eigentlich entdeckt?«

Ich lächelte zurück. Mit Peter konnte man sich wirklich gut unterhalten. Im Gegensatz zu den anderen Jungen und Mädchen, die ich kannte, alberte er nicht ständig herum oder versuchte, coole Sprüche zu machen. Er redete fast wie ein Erwachsener. Aber wie ein Erwachsener, der sich für Meeresbiologie interessierte. So wie sein Vater.

»Das war am Montag«, fing ich an. »Ich hab vor dem Baumarkt auf Nia gewartet, und als ich in den Kanal geschaut habe …«

Ich fasste die Geschichte schnell zusammen, und Peter hörte geduldig zu, nickte immer wieder und lächelte, wenn es etwas zu lächeln gab. »Unglaublich«, sagte er am Schluss. »Willst du mir wirklich kein Inter…«

»Lily!« Nias laute Stimme unterbrach unser Gespräch. »Bist du langsam fertig da oben? Ich muss ins Atelier.«

»Oh.« Ich spähte nach unten und sah Nia dort stehen, mit ihrem Telefon in der Hand und offensichtlich sehr ungeduldig. »O-okay. Bin gleich da.« Ich drehte mich zu Peter. »Sorry, ich muss dann los.«

Nachdem wir gemeinsam hinuntergeklettert waren, verabschiedete Peter sich von uns und verschwand. Ich trat noch einmal dicht an den Wassertank.

»Mach's gut, Wanda«, flüsterte ich. Hören konnte sie mich bestimmt nicht, aber vielleicht verstand sie trotzdem, was ich ihr sagen wollte. »Werd wieder gesund, ja? Ich komm dich bald noch mal besuchen.«

Plötzlich hatte ich einen Kloß im Hals. Ob ich dieses Versprechen überhaupt einhalten könnte? Peter hatte gesagt, Wanda werde eventuell schon am Montag freigelassen. Wie sollte ich es schaffen, davor noch einmal bei ihr vorbeizukommen, um mich zu verabschieden?

Ich drückte beide Hände fest an die Glasscheibe und versuchte mir ihren Anblick ganz genau einzuprägen. Man konnte ja nie wissen. Doch als Nia sich hinter mir lautstark räusperte, seufzte ich und wandte mich zum Gehen.

»Okay«, sagte ich. »Ich bin so weit.«

Als wir wieder im Atelier waren, wollte ich wie versprochen mein Buch lesen, doch vor lauter Nervosität konnte ich mich null konzentrieren. Erst holte ich mir ein Glas Wasser, ein paar Minuten später ging ich auf die Toilette und noch ein paar Minuten später suchte ich mir in der Kochnische etwas zu essen. Da blickte Nia von ihrer Skulptur auf.

»Hey, Hibbelchen«, sagte sie. »Wolltest du heute Nachmittag nicht lesen, lesen und noch mal lesen? So war's doch abgemacht?«

»Tut mir leid. Ich mache mir einfach solche Sorgen um Wanda.« Während der U-Bahn-Fahrt zum Atelier hatte ich Nia von der Infektion erzählt.

»Okay, das verstehe ich.« Nia zuckte mit den Schultern. »Aber dann halt dich wenigstens an dein anderes Versprechen. Du wolltest mir doch mit der Skulptur helfen, also komm her und sag mir, ob ich den Schwanz richtig hingekriegt habe. Er sieht so komisch aus.«

Ich betrachtete die Delfinskulptur aus der Nähe. Seit wir sie am Mittwochnachmittag hierher transportiert hatten, hatte Nia gewaltige Fortschritte gemacht. Inzwischen war das Ding riesig, nur ein bisschen kleiner als ein echter Delfin. Nia hatte hauptsächlich Dinge verwendet, die andere Leute als Müll angesehen hätten – nicht nur ihre Fundstücke vom Kanal, sondern auch bunte Drahtreste und Glasscherben und allen möglichen anderen Kram aus den Tiefen ihrer Kreativkiste. Irgendwie hatte sie aus dem ganzen Abfall etwas Wunderschönes gezaubert, nämlich einen elegant aus dem Wasser springenden Delfin.

»Ist schon nicht schlecht«, sagte ich, während ich die Skulptur begutachtete. »Die Fluke ist aber vielleicht ein bisschen klein geraten.«

»Die Fluke?« Nia sah mich verwirrt an. »Kannst du das bitte in Normalosprache übersetzen?«

Ich musste grinsen. »Die Fluke ist einfach die Schwanzflosse des Delfins.« Ich deutete auf die Skulptur – Nia hatte die beiden Flossenspitzen aus zwei Aufbewahrungsboxen zusammengesteckt. »Das hier, siehst du?«

Nia nickte. »Verstanden. Danke. Und was ist mit den Brustflossen oder wie die jetzt wieder heißen? Sind die an der richtigen Stelle?«

»Ja, die Flipper gehen in Ordnung.« Ich stieg auf die erste Stufe des kleinen Tritthockers, den Nia bei der Arbeit an größeren Skulpturen immer benutzte. »Aber du hast das Blasloch vergessen. Durch das Blasloch atmen die Delfine, es ist also nicht ganz unwichtig.«

»Gut, dass du's sagst.« Als ich wieder heruntergestiegen war, kletterte Nia selbst auf den Hocker und drückte auf der Metallplatte am Kopf der Skulptur herum. »Das könnte ich mit ein bisschen Draht hinbekommen oder … ich hab's! Ich nehme einfach den Deckel von einer Coladose! Das sieht doch bestimmt cool aus, oder?«

»Klar.« Ich lächelte sie an. »Ich kann dir zwar ganz genau erklären, wie ein Delfin aussieht und wie seine

Körperteile heißen, aber du bist die Künstlerin. Ich kriege nicht mal ein Strichmännchen hin.«

»Stimmt, ich hab dir schon mal bei deinen Malversuchen zugeschaut«, erwiderte Nia mit einem Kichern. »Aber das macht ja nichts. So hat eben jeder sein Ding. Bei mir ist es die Kunst und bei dir die Meeresbiologie.«

»Ja«, seufzte ich. »Nur blöd, dass ich die falsche Familie abbekommen habe.«

»Wie bitte?« Nia hatte schon wieder an ihrer Skulptur gebastelt, doch bei meinen Worten hatte sie sich zu mir umgedreht. »Wie war das?«

»Nichts, nichts.« Ich wollte mich eigentlich nicht beschweren. Aber irgendwie musste es auch mal raus. »Es ist bloß … ich finde das einfach nicht fair. Peter Hernandez ist auch erst zwölf, aber er darf ein Praktikum im Aquarium machen, nur weil sein Dad dort arbeitet. Und meine Familie hält mich für verrückt, nur weil ich Meeresbiologin werden will.«

»Hmm.« Nia setzte sich auf die oberste Stufe des Tritthockers. »Verstehe. Deine Leute sind jetzt nicht so die Biologiefreaks.«

»Das kannst du laut sagen!«, rief ich. »Mein Dad erlaubt mir nicht mal einen Goldfisch als Haustier. Das würde mich angeblich von der Schule ablenken.« Als ich an seine endlosen Predigten zurückdachte, stöhnte ich auf. »Dabei hat er selbst kaum die Highschool zu Ende gebracht!«

»Genau deswegen will er wahrscheinlich, dass du es besser machst«, meinte Nia.

»Da wäre ich mir nicht so sicher.« Ich ließ mich auf das Flickensofa fallen und katapultierte dadurch *Ruf der Wildnis* auf den Betonboden. »Ricky und Ozzy sind jetzt auch nicht gerade Einserschüler, aber das ist meinem Dad egal. Nur bei mir mischt er sich ständig ein.«

Nia sah mich mitfühlend an. »Dann mach deinen Leuten klar, wie wichtig dir die Meeresbiologie ist. Dass das dein großer Traum ist!«

»Wozu?«, brummte ich und zupfte am losen Faden eines grellorangefarbenen Seidenflickens. »Die kapieren das nie.«

»Na, wenn das so ist, dann kümmere dich nicht um sie und mach einfach dein Ding.« Nia sprang flink vom Hocker und ging in ihrer Kreativkiste wühlen. »So musste ich's am Ende ja auch machen.«

Das ließ mich aufhorchen. »Du? Wie meinst du das?«

Nia richtete sich auf und beäugte eine zerdrückte Coladose, die sie hervorgezogen hatte. »Zum Beispiel, dass ich seit meinem Abschluss an der Highschool nicht mehr mit meiner Mom geredet habe. An dem Tag bin ich von zu Hause ausgezogen. Sie hat's eben auch nicht kapiert.«

Ich wusste nicht, was ich sagen sollte. Über ihre Vergangenheit hatte Nia so gut wie nie mit mir gesprochen. Okay, ich wusste natürlich, dass sie nicht aufs College gegangen war, sondern direkt nach der Highschool mit ihrer Kunst angefangen hatte. Aber als Ricky und sie ihren Abschluss gemacht hatten, war ich noch ziemlich jung gewesen, daher erinnerte ich mich kaum an diese Zeit.

»Und wie ist es weitergegangen?«, fragte ich.

»Du weißt doch, dass meine Mom meinen Bruder und mich allein großgezogen hat?«

Ich nickte. Kennengelernt hatte ich Nias Mutter nie, nur ihren jüngeren Bruder hatte ich ein paarmal gesehen.

»Meine Mom ist Buchhalterin. Sie ist sehr praktisch veranlagt«, erzählte Nia weiter. So leise wie jetzt redete sie selten. »Sie wollte, dass ich aufs College gehe und Wirtschaft studiere, statt mich für die Kunsthochschule zu bewerben. Und als ich dann bei Parsons angenommen wurde, wollte sie die Gebühr nicht bezahlen. Sie dachte, wenn sie sich stur stellt, tanze ich schon nach ihrer Pfeife.«

»Und dann?«

Nia lächelte. »Das weißt du doch, Lilylein. Ich habe eine Weile bei einer Freundin auf dem Sofa gepennt und nebenbei gejobbt, bis ich von meiner Kunst leben konnte. Also so einigermaßen.«

Ich wusste, was sie meinte. Ab und zu verkaufte Nia etwas bei Kunsthandwerksmärkten oder übers Internet. Aber am Wochenende übernahm sie immer noch Schichten als Barkeeperin, und natürlich bekam sie Geld dafür, dass sie in den Sommerferien auf mich aufpasste.

»Wow«, sagte ich gedankenversunken. »Dann bin ich also nicht die Einzige, die nicht in ihre Familie reinpasst.«

Wieder lächelte Nia. »In Selbstmitleid zu versinken, bringt's jedenfalls nicht – das weiß ich inzwischen. Und manchmal muss man eben eine Entscheidung treffen, wie man sein Leben leben will. Sonst entscheiden die anderen für dich. Willst du das?«

Das wollte ich auf keinen Fall. Doch ich war nicht wie Nia. Ich war nicht so stark wie sie, ich hatte nicht so viel Mumm und ich sagte auch nicht immer meine Meinung. Ich hatte ja nicht mal meinen besten Freundinnen verraten können, wie sehr mich die Sache mit dem Ferienlager verletzt hatte. Also, wie sollte ich jemals mein großes Ziel erreichen?

Im Moment war mir das Ganze einfach viel zu kompliziert. Ich angelte *Ruf der Wildnis* unter dem Sofa hervor.

»Ich sollte endlich weiterlesen«, murmelte ich. Dann müsste ich zumindest nicht länger nachdenken.

9

Am Samstagmorgen war ich noch gar nicht richtig wach, als ich auch schon an Wanda dachte. Ich setzte mich auf, starrte auf das Delfinposter über meinem Bett und ließ den Kopf hängen. Die Chancen, dass ich sie in den nächsten zwei Tagen besuchen könnte, standen sehr schlecht.

Ob die Medizin wohl wirkt, fragte ich mich, ob es ihr besser geht? Wenn ich das doch nur irgendwie herausfinden könnte …

Plötzlich kam mir eine Idee: Eine Möglichkeit gab es, wie ich an Informationen über Wanda herankommen konnte! Ich schnappte mir meinen Laptop und rief Peters Blog auf. Er hatte doch versprochen, einen ausführlichen Beitrag über Wanda hochzuladen.

Ganz oben auf der Seite war wirklich ein neuer Eintrag über mein Delfinmädchen. Doch als ich das dazugehörige Bild sah, blieb mir beinahe das Herz stehen.

Das war ich! Zuerst wollte ich meinen Augen nicht trauen. Wie war dieses Foto bloß entstanden?

Dann sah ich es mir genauer an. Ich stand mit dem Rücken zur Kamera und betrachtete Wanda, die Hände auf die Glasscheibe des Wassertanks gelegt. Da wurde mir alles klar.

Er hat mich gestern heimlich fotografiert, dachte ich wütend. Wenn er gefragt hätte, hätte ich sicher Nein gesagt, das hat er gewusst. Und der hinterhältige Kerl hat's trotzdem gemacht!

Mit geballten Fäusten starrte ich auf das Foto, nur Wandas trauriger Blick lenkte mich ein bisschen von meinem Ärger ab. Dann scrollte ich zum Artikel und überflog ihn eilig. Im Großen und Ganzen war es die Geschichte, die ich Peter einen Tag zuvor erzählt hatte, wie ich Wanda im Kanal entdeckt hatte und was danach geschehen war. Meinen Namen erwähnte er allerdings nicht, ich tauchte nur mehrmals als »Mädchen aus Brooklyn« oder »Einwohnerin Brooklyns« im Text auf.

Als ich zu Ende gelesen hatte, kochte ich vor Wut. Wie konnte er mir das antun? Ich hatte ihm doch gesagt, dass er mich aus seinem blöden Blog herauslassen sollte! Warum war eigentlich allen egal, was ich wollte?

Ich griff nach meinem Handy, um Peter eine böse SMS zu schicken – aber dann fiel mir ein, dass ich ja nicht mal seine Nummer hatte. Doch jemand anders hatte mir geschrieben. Julia.

Hey Lil-Lay, Olivia C hat ein Foto von dir gepostet???!! Hängst du jetzt mit ihr rum, nur weil wir weg sind? Nur so ne Frage ...

Dahinter kamen mehrere zwinkernde und schief grinsende Emojis. Ich blickte stirnrunzelnd aufs Display. Konnte es Julia nicht egal sein, mit wem ich in ihrer Abwesenheit herumhing? Ich war doch bloß Lily-Allein-zu-Haus.

Dann ließ mein Ärger nach, und ich seufzte. Ich hatte mir diese Ferien so schön vorgestellt, und jetzt das.

Als ich kurz darauf beim Frühstück saß, war ich immer noch mit meinen Gedanken woanders. Weil Wochenende war, war die ganze Familie versammelt. Dad machte meistens Pfannkuchen, auch heute wieder, und abgesehen von mir hatten alle prächtige Laune.

»Und, was habt ihr heute vor?«, fragte Mom und schenkte Dad Kaffee nach. »Es ist so ein schöner Tag! Wie wär's, wenn wir alle zusammen etwas unternehmen?«

Ozzy zog die Schultern hoch. »Meinetwegen. Mel ist übers Wochenende bei ihrer Grandma, ich hab also nichts vor.«

»Wahnsinn, wie du dich freust, mit uns den Tag zu verbringen«, sagte Dad mit einem kleinen Lachen.

Auch Ricky musste kichern. »Super Idee, Ma«, meinte er. »Wir haben schon lange nichts mehr zusammen gemacht. Und was genau? Sollen wir ins Kino gehen?«

»Ins Kino?«, erwiderte Mom. »An so einem schönen Sommertag? Das tolle Wetter müssen wir doch ausnutzen!«

Dad blickte in die Runde. »Wir können ja mal nachschauen, ob im Park irgendwas los ist.«

Ich hörte nur mit halbem Ohr zu, denn in mir brodelte es schon wieder. Jetzt müsste ich den ganzen Tag lang so tun, als hätte ich einen Riesenspaß bei irgendeinem tollen Familienausflug, während ich mich doch eigentlich um Wanda sorgte. Könnte ich sie doch nur besuchen …

»Ich hab eine Idee!«, rief ich plötzlich, denn ich hatte einen brillanten Einfall. »Wir gehen zum Strand!«

Alle vier sahen mich überrascht an. »Zum Strand?«, wiederholte Mom. »Hmm …«

»Stimmt, wir waren diesen Sommer noch gar nicht auf Coney Island«, meinte Ozzy. »Aber da ist es heute sicher supervoll. Wird das nicht zu stressig?«

Mit angehaltenem Atem hörte ich den anderen beim Diskutieren zu. Nach ein, zwei Minuten einigten sie sich tatsächlich darauf, dass es eine klasse Idee sei.

»Dann wäre das geklärt.« Dad klatschte mit der flachen Hand auf den Tisch. »Die Giordanos fahren zum Strand!«

Mein Bruder hatte absolut recht gehabt. Coney Island war vollkommen überlaufen. Es war, als würde ganz New York im warmen Sand liegen, in der Brandung toben, über den Jahrmarkt am Ufer spazieren oder vor der Cyclone-Achterbahn Schlange stehen. Trotzdem fanden wir noch eine freie Stelle am Strand, wo wir uns mit unseren Handtüchern und Klappstühlen breitmachen konnten.

»Aaahhh.« Seufzend lehnte Mom sich in ihrem Stuhl zurück und schloss die Augen hinter der Sonnenbrille. »So lässt sich's leben.«

»Komm schon.« Ricky stieß Ozzy gegen die Schulter. »Wer als Erster im Wasser ist!«

Beide schossen sie geradewegs in die schäumende Brandung.

Dad setzte sich neben Mom. »Geh doch mit rein, Lily. So eine kleine Abkühlung tut dir sicher gut.«

»Später vielleicht.« Ich zupfte an dem T-Shirt herum,

das ich über meinem Badeanzug trug. »Ich glaube, ich mache erst mal einen kleinen Spaziergang.«

Mom öffnete die Augen. »Allein? Soll ich nicht lieber mitkommen?«

Ich musste schlucken. Wenn mich meine Eltern nie aus den Augen ließen, konnte ich meinen Plan vergessen.

»Entspann dich, Deanna«, sagte Dad heiter. »Unser Küken ist nicht mehr zwei, sondern zwölf. Ihr passiert schon nichts.« Er sah mich prüfend an. »Handy hast du dabei?«

Ich klopfte auf meine Shortstasche. »Ist da drin.«

»Gut. Dann ab mit dir.« Dad scheuchte mich fort.

Damit Mom nicht doch noch protestieren konnte, tauchte ich schnell in der Menge unter, und sobald ich außer Sichtweite war, lief ich schnurstracks zum Aquarium. Es war nur ein Stück den Strand hinunter.

Auch im Aquarium war es ziemlich voll, Horden von kleinen Kindern belagerten die Tiere und Imbissstände. Ich ging gleich zur Labortür. Sie war geschlossen.

Einen Moment lang blieb ich unschlüssig stehen. Wieso hatte ich Nia nicht gefragt, ob sie mir Dr. Hernandez' Nummer schicken könnte? Ich war kurz davor, ihr deswegen zu schreiben, da sah ich in der Nähe ein bekanntes Gesicht. Es war Ms Butler, die Wasserexpertin. Sie unterhielt sich auf Höhe des Haibeckens mit ein paar älteren Damen.

Mein erster Instinkt war, in der Menge unterzutauchen und auf einen anderen Mitarbeiter zu warten, doch Ms Butler wirkte überraschenderweise recht gut gelaunt. Als die älteren Damen weitergingen, eilte ich zu ihr.

»Äh … Entschuldigung, Ms Butler?«, sprach ich sie an. »Ich bin's, Lily Giordano.«

»Oh.« Schon machte ihr freundliches Lächeln dem üblichen Stirnrunzeln Platz. »Du bist doch die kleine Freundin von Peter Hernandez?«

»Sozusagen.« Meine Wut auf Peter flammte auf, aber ich versteckte sie so gut wie möglich. »Ich wollte nur wissen, wie es Wanda … also dem Delfin … wie es ihr so geht. Könnte ich sie vielleicht kurz besuchen?«

»Nein, kannst du nicht.« Ms Butlers Blick und ihre Stimme waren kälter als das Eis im Pinguingehege. »Zutritt nur für Personal.«

»Aber Dr. Hernandez …«

Dann verstummte ich, denn Ms Butler marschierte einfach davon, ohne sich noch einmal nach mir umzudrehen.

Allein gelassen blieb ich zurück und hatte irgendwie sogar ein schlechtes Gewissen. Ich spähte wieder zur Labortür. Geschlossen. Nia hätte jetzt wohl einfach die Klinke heruntergedrückt, vielleicht war sie ja nicht abgesperrt …

Aber ich war nicht Nia. Deshalb lief ich lieber zum Souvenirladen.

Dort stand Eddy hinter der Theke und bediente gerade ein Paar mit zwei kleinen Kindern. Als er mich sah, lächelte er.

»Lily Giordano! Bin gleich bei dir!«

Nachdem die junge Familie mit ihren Einkaufstüten abgezogen war, winkte er mich nach vorne. »Hi«, sagte ich. »Tut mir leid, wenn ich störe, aber …«

»Stören?«, rief Eddy. »Du störst doch nie, Miss Lily!« Er zwinkerte mir zu. »Ich bin dir ja nicht mal böse, dass du seit Neuestem mehr Zeit im Labor verbringst als bei deinem guten alten Freund Eddy.«

»Du hast davon gehört?«

»Na sicher.« Er lächelte. »Aber ich dachte mir, die Delfindame ist noch ärmer dran als ich, wenn du sie nicht besuchst.«

»Ja, ich wollte gerade wieder zu ihr. Aber diese gemeine Ms Butler lässt mich nicht rein, und ich weiß nicht, wie ich Dr. Hernandez erreichen soll, und …«

Eddy hob die Hand. »Das lass mal meine Sorge sein.« Er ging zum Telefon, das auf der Theke stand. »Ich rufe Dr. H gleich an.«

Ein paar Minuten später durchquerte ich die Tür, die eigentlich nur für Personal vorgesehen war. Dr. Hernandez hatte mich selbst abgeholt, und so konnte ich ihn auf dem Weg durch den Flur fragen, wie es Wanda ging.

»Weitgehend unverändert«, antwortete er. Eine kleine Falte grub sich in seine Stirn. »Sie ist immer noch recht schlapp und ungewöhnlich ruhig. Die Medikamente scheinen noch nicht anzuschlagen.«

In mir keimte Panik auf. »Also wird es schlimmer?«

»Nein, das nicht«, erwiderte Dr. Hernandez rasch. »Bisher ist es nur nicht spürbar besser geworden, womit wir inzwischen eigentlich gerechnet hätten. Aber wir sind guter Dinge. Ansonsten ist sie nämlich in sehr ordentlicher Verfassung. Ihr Alter schätzen wir auf rund drei Jahre. Wenn die Medikamente erst mal die Infektion kleingekriegt haben, sollte sie sich also schnell wieder berappeln.«

Wir betraten das Labor, und mir fiel gleich auf, wie träge Wanda im Wassertank schwamm, trotz der Entfernung, die zwischen uns lag. Ich bedankte mich bei Dr. Hernandez und stürmte zu ihr.

Es war genau, wie er gesagt hatte. Sie sah aus wie am Vortag. Warum wurde es nicht endlich besser?

»Hi, Wanda«, flüsterte ich und beobachtete, wie sie langsam in einem großen Kreis schwamm. »Ich wollte nur mal wieder nach dir schauen. Du musst dich gut ausruhen, ja?«

Wanda reagierte nicht. Sie wurde nicht mal langsamer, als sie an mir vorbeikam. Ich verfolgte ihre monotonen Runden durch den Tank mit den Augen und wünschte so sehr, ich hätte ihr irgendwie helfen können. Was, wenn die Medikamente nichts brachten? Was würde aus ihr werden?

Aus diesem Grund wollte ich Meeresbiologie studieren. Ich wollte nicht bloß die machtlose Zuschauerin am Rande sein, die nur hoffen und bangen konnte, sondern ich wollte helfen. Wirklich helfen. Hätte ich doch etwas tun können …

Keine Ahnung, wie lange ich so vor mich hin grübelte, bis mich eine fröhliche Stimme zusammenzucken ließ.

»Hi, Lily!«

Ich wirbelte herum. Hinter mir stand Peter Hernandez, wie immer mit den Händen in den Hosentaschen, und strahlte mich an.

»Du!«, rief ich, denn natürlich fiel mir sofort die Blog-Katastrophe ein. »Das war so blöd von dir!«

Peter wirkte überrascht. »Was war blöd?«

»Dass du mich in deinem Blog erwähnt hast!« Ich ballte die Fäuste. »Ich hab dir doch gesagt, ich will das nicht.«

»Oh.« Peter wurde rot. »Das tut mir leid. Ich wollte dich ja noch fragen, ob ich über dich und Wanda schreiben darf, aber dann musste deine Freundin gestern gleich los, und da …«

»Und da hast du dir gedacht, ach, mach ich's einfach trotzdem! Obwohl du wusstest, dass ich Nein gesagt hätte!«

»Woher hätte ich das denn wissen sollen?« Peter zog die Stirn kraus. »Außerdem habe ich extra deinen Namen weggelassen.«

Dass er sich jetzt auch noch rechtfertigte! Ich konnte es nicht fassen. »Dafür hast du ein Foto von mir reingestellt«, sagte ich. »Das ist noch viel schlimmer!«

»Es tut mir leid, okay?«, erwiderte er.

»Das hilft jetzt leider auch nichts mehr!«

Ohne es zu bemerken, waren wir beide immer lauter geworden. Das kapierten wir erst, als Ms Butler aus einem der Büros gestampft kam. »Was ist hier los? Das ist doch kein Kindergarten! Hier wird gearbeitet!« Sie deutete auf Peter. »Du sollst eigentlich die Testergebnisse in die Datenbank eintragen. Und du!« Jetzt zielte ihr Finger auf mich. »Du hast hier gar nichts zu suchen. Also raus mit dir!«

»Aber …«, sagte Peter.

»Ich wollte doch nur …«, stammelte ich.

»Jetzt diskutiert nicht auch noch!«, schnitt sie uns wütend das Wort ab. »Raus hier!«

Ich sah mich nach Dr. Hernandez um, konnte ihn aber nirgends entdecken. Also warf ich einen letzten sorgenvollen Blick auf Wanda und verließ das Labor.

Bald war ich zurück bei meinen Eltern am Strand. Mom schaute von ihrer Zeitschrift auf und musterte mich über den Rand ihrer Sonnenbrille hinweg.

»Hattest du einen schönen Spaziergang?«, fragte sie.

»Ja, schon.« Da summte mein Handy. Noch eine Nachricht von Julia.

> Rat mal, was wir heute nach dem Trainingsspiel machen! Wir fahren zum Jahrmarkt um die Ecke! Tja, hättest du dir mal mehr Mühe mit deinen Eltern gegeben, dann wärst du jetzt mit dabei. Es ist sowieso fast genauso wie das andere Feriencamp!

Beinahe hätte ich wie sonst auch reagiert. Beinahe hätte ich das Display abgeschaltet, ohne zu antworten. Doch ich war noch so frustriert von meinem Abstecher zum Aquarium, dass meine Finger nur so über die Tasten flogen:

> Hättet ihr euch mal ein bisschen mehr Mühe gegeben, dann hättet ihr mitgekriegt, dass ich Fußball nicht mag. Und dass ich es auch nicht mag, wenn meine Freundinnen hinter meinem Rücken

irgendwas ausmachen. Dann wüsstet ihr jetzt, wieso ich in Wirklichkeit nicht mitgekommen bin.

Kaum hatte ich auf Senden gedrückt, wurde mir ganz flau im Magen. Oh-oh, dachte ich. Julia konnte es gar nicht leiden, wenn man unfreundlich wurde.

Ach egal. Ich streckte mich auf meinem Strandtuch aus und schloss die Augen, damit ich mich nicht mit meinen Eltern unterhalten musste. Jetzt war es sowieso zu spät …

10

Montag früh ertrug ich es kaum noch, nicht zu wissen, wie es Wanda ging. Seit der Geschichte über mich hatte Peter in seinem Blog nichts Neues mehr geschrieben. Also war noch alles beim Alten? Oder war das ein schlechtes Zeichen?

Als ich Nia am Morgen anflehte, zum Aquarium zu fahren, wehrte sie sich zum Glück kaum dagegen. »Na gut«, sagte sie auf dem Weg zum Atelier. »Wir gondeln gleich nach dem Mittagessen rüber. Aber nur, wenn Dr. Hernandez einverstanden ist, dass er dort auf dich aufpasst. Ich habe heute Nachmittag sowieso noch was zu erledigen.«

»Echt? Was denn?«, fragte ich.

Nia blickte zur Seite, wo eine Taube an einem liegen gelassenen Burrito pickte. »Ich muss eine Skulptur abliefern. Keine große Sache. Aber da musst du ja nicht dabei sein.«

»Du hast eine Skulptur verkauft? Die, die du letzte Woche fertig bekommen hast?«

»Mm-hmm.« Im Gehen zog Nia ihr Handy aus der Tasche und tippte darauf herum. »Erzähle ich dir später alles. In Ordnung, Lilylein? Wenn das Ganze glattgehen soll, muss ich heute Vormittag noch einiges schaffen.«

»Okay, kein Problem«, sagte ich schnell. Ich wollte nur nicht riskieren, dass sie es sich wieder anders überlegte. »Ich störe dich schon nicht.«

Dr. Hernandez hatte nichts dagegen, später auf mich aufzupassen – ein Glück. Den Vormittag verbrachte ich mit Lesen, während Nia ein paar Kleinigkeiten an ihrer Delfinskulptur ausbesserte. Mittags aßen wir an einem Straßenimbiss Falafel und machten uns dann auf den Weg zum Aquarium.

Dort herrschte wie immer eine Menge Trubel, und im Labor spähte ich sofort hinüber zum Wassertank. Wanda sah ganz ähnlich aus wie beim letzten Mal. Ich wollte sie mir gerade genauer ansehen, da fasste Nia mich am Arm.

»Gehen wir erst mal Dr. H suchen«, meinte sie. »Ich muss noch schnell was klären.«

Eine Frau blieb in unserer Nähe stehen. »Meinen Sie Dr. Hernandez? Der ist gleich da drüben«, sagte sie und deutete auf eines der Büros.

Im Inneren saßen Dr. Hernandez und Peter und starrten auf einen Computermonitor. Als Nia und ich in die Tür traten, schaute Peter kurz auf und gleich wieder weg. Ich verzog das Gesicht. Ich freute mich auch nicht gerade, ihn zu sehen.

Deswegen interessierte ich mich demonstrativ für die Krabben und Schnecken im Aquarium vor der Tür, während Nia kurz mit Dr. Hernandez redete. Das Wasser blubberte so laut, dass ich kein Wort verstand, doch nach ein paar Minuten kam Nia schon wieder aus dem Büro.

»Dr. H geht um halb sechs. Spätestens dann hole ich dich wieder ab.« Sie umarmte mich kurz. »Viel Spaß!«

»Danke.« Ich drückte sie und konnte mein Glück kaum fassen. Ich durfte den ganzen Nachmittag mit Wanda verbringen!

Sobald Nia gegangen war, lief ich zu meinem Delfinmädchen. Ein Junge stand vor dem Tank und blickte hinein, größer als Peter und mit strubbeligem rotbraunem Haar. Als er mich kommen hörte, schaute er über die Schulter. Er war vielleicht zwei Jahre älter als ich.

»Hi«, sagte ich. Komisch, dass er mir hier noch nie begegnet war, wo er doch bestimmt auch im Labor arbeitete. Sonst hätte er es doch gar nicht betreten dürfen. »Ich, äh … ich bin Lily.«

»Aha. Schön für dich.« Der Junge musterte mich von oben bis unten. »Was machst du hier? Draußen gibt's extra Führungen für Kinder.«

»Ich brauche keine Führung.« Ich ärgerte mich über seinen arroganten Tonfall. Er klang genau wie die größeren Jungs aus meiner Gegend, die sich alle für Superhelden hielten. »Dr. Hernandez hat mich reingelassen.«

In diesem Moment schwamm Wanda direkt an uns vorüber, ganz langsam, aber ohne einen Blick in meine Richtung zu werfen.

»Weißt du, wie's Wanda geht?« Ich machte mir solche Sorgen, dass ich sogar meinen Ärger vergaß. »Glauben die Biologen, dass die Medikamente endlich wirken?«

»Meinst du den Delfin?« Der Junge zuckte genervt mit den Schultern. »Wen interessiert's? Ist doch nur ein blöder Fisch. Und was fragst du mich überhaupt? Geh doch zu deinem Kumpel, zum superklugen Dr. Hernandez. Der weiß doch alles.«

Ich wich einen Schritt zurück. Was hatte der denn für ein Problem? Eben war er bloß unfreundlich gewesen, jetzt wurde er richtig gehässig. »Ich … aber …«, stotterte ich.

Doch der Junge stakste schon davon und verschwand kurz darauf durch eine Seitentür.

Hä? Ich hatte keine Ahnung, was da gerade passiert war. Hatte der Junge irgendein Problem mit mir? Aber wieso? Ich hatte ihn noch nie zuvor gesehen!

Ich atmete tief ein und versuchte, den unverschämten Kerl zu vergessen. Mir doch egal, was mit dem los war! Ich war weder seinetwegen noch wegen Peter hier. Ich interessierte mich nur für Wanda.

Doch als ich in den Tank blickte, schien sie mich wieder nicht zu bemerken. Wenn sie mich nicht einmal ansah, wie konnte ich ihr dann helfen?

Plötzlich kam mir eine Idee. Neulich hatte Dr. Gallagher mir offiziell erlaubt, auf das Gerüst zu klettern … also ging das bestimmt auch dieses Mal in Ordnung, oder?

Bald lehnte ich mich oben auf der Plattform über den Rand des Riesentanks und stieß einen Pfiff aus. Prompt schwamm Wanda an die Oberfläche, tauchte auf und sah mich aus gut einem Meter Abstand mit dunklen, traurigen Augen an.

»Brav!«, rief ich. »Du erinnerst dich doch an mich, oder? Ich bin's, Lily! Wie geht's dir, mein Schatz?«

Als ich noch ein paar Klick- und Pfeiflaute hinzufügte, kam Wanda näher. Ich hielt den Atem an. Ob ich sie vielleicht sogar streicheln könnte?

Nein. Sie sank schon wieder nach unten. Ich steckte die Finger ins kühle Wasser und wackelte mit ihnen, kräuselte die Oberfläche. Dadurch wurde Wanda neugierig und tauchte wieder auf, allerdings etwas weiter entfernt.

»Keine Sorge«, flüsterte ich. Ich war heilfroh, dass sie überhaupt noch auf mich reagierte, wo sie doch so krank und schlapp war. »Ich muss dich nicht anfassen. Ich muss nur sicher sein, dass du nicht aufgibst, okay? Du musst der Medizin Zeit lassen. Du musst kämpfen, dann wird es auch wieder besser. Versprochen!« Ich holte tief Luft. »Bitte, gib nicht auf. Bitte! Im Moment läuft mein Leben nämlich sowieso nicht so toll, und wenn du jetzt auch noch …«

Ehe ich darüber nachdenken konnte, schüttete ich Wanda mein Herz aus. Zuerst erzählte ich ihr von dem Streit mit meinen beiden besten Freundinnen, denen übrigens vollkommen egal zu sein schien, dass ich sauer auf sie war, denn sie hatten nicht mal auf meine Nachricht vom Strandausflug am Samstag reagiert … aber sie hatten sich ja auch nicht dafür interessiert, wie es mir damit ging, dass sie sich plötzlich für ein anderes Feriencamp entschieden hatten. Es wäre wirklich überraschend gewesen, wenn die beiden plötzlich Rücksicht auf meine Gefühle genommen hätten.

Und wo ich schon von Leuten berichtete, die keine Rücksicht auf meine Gefühle nahmen, war als Nächstes meine Familie dran. Ich erzählte Wanda von meinem Traum, Meeresbiologin zu werden, der aber irgendwie allen egal zu sein schien.

Als ich gerade bei dem bescheuerten Aufsatz am Ende der fünften Klasse angelangt war, der meine Eltern davon überzeugt hatte, dass ich Lehrerin werden müsste, hörte ich unter mir ein Räuspern. Ich kreischte auf und fiel vor Schreck fast ins Wasser. Dann spähte ich durch das Gitter der Plattform und sah Peter dort stehen. Er blickte zu mir hinauf.

»Äh, hi«, sagte er.

»Hast du mich etwa belauscht?«, fragte ich verärgert und lief knallrot an. Wenn er das alles mitbekommen hatte …

»Nein, nein«, erwiderte er rasch. »Oder na ja, höchstens ein bisschen. Aber nicht mit Absicht. Also ich …« Er atmete tief ein und fing noch mal neu an. »Kann ich vielleicht raufkommen, damit wir reden können?«

»Nein«, keifte ich.

»Dann eben nicht.« Peter blickte zu Wanda, dann zu mir. Er stand im Schatten, und durch das Gitter war sein Gesichtsausdruck kaum zu erkennen. »Dann sag ich's dir eben von hier aus. Es tut mir leid, dass ich in meinem

Blog über dich geschrieben habe. Ehrlich. Ich habe den Post größtenteils schon wieder gelöscht.«

»Wirklich?« Eine Sekunde lang dachte ich nach. »Okay, meinetwegen kannst du raufkommen. Also wenn du willst.«

Das ließ Peter sich nicht zweimal sagen. In Sekundenschnelle kletterte er die Leiter hinauf.

»Danke.« Er hockte sich an den Rand des Wassertanks. »Es tut mir wirklich leid, Lily. Zuerst habe ich nicht kapiert, wieso das so blöd von mir war, aber jetzt schon.«

»Wie meinst du das?«, fragte ich leise.

Peter zuckte mit den Schultern. »Ich dachte, wenn man dein Gesicht nicht sieht und wenn ich deinen Namen weglasse, dann hast du schon nichts dagegen. Weil ich an deiner Stelle nichts dagegen gehabt hätte, verstehst du? Aber ich habe mit meiner Mom darüber geredet, und sie hat mir klargemacht, dass eben jeder anders ist. Und für dich war das eindeutig nicht okay. Also war es falsch von mir.«

»Oh«, sagte ich. »Und, äh … danke.«

Da musste Peter bis über beide Ohren lächeln. Als er wieder einen Blick auf Wanda warf, die gerade in unserer Nähe aufgetaucht war, sagte er: »Ich glaube, sie beobachtet dich. Das ist gut. Mein Dad macht sich ziemliche Sorgen um sie.«

Ich spürte einen Stich ins Herz, spitz wie ein Messer und kalt wie Eis. »Wirklich?«

»Ja.« Peter sah mich mit seinen dunklen Augen ernst an. »Wanda bekommt immer noch dieselben Medikamente, und eigentlich müssten sie die Infektion schon besiegt haben. Aber so wie sie sich benimmt, ist sie offensichtlich immer noch krank, und niemand weiß warum.«

11

Mit einem Schlag vergaß ich alles andere, meinen Ärger über Peter genauso wie das peinliche Gefühl, Wanda und ihm von meinen Problemen erzählt zu haben. Ich dachte nur noch daran, was Peter gerade gesagt hatte.

»Aber wieso erholt sie sich nicht?«, fragte ich ihn. »Wollen sie es mal mit anderen Medikamenten versuchen?«

Peter zuckte mit den Schultern. »Sie wissen nicht, was sie ihr noch geben sollen. Wie gesagt, eigentlich hätten sie wirken müssen. Ich glaube, heute früh haben sie ihr sogar Blut abgenommen, um zu überprüfen, ob die Infektion zurückgegangen ist.«

»Echt? Und gibt es schon Ergebnisse?«

»Ich weiß nicht.« Peter biss sich auf die Unterlippe. »Als ich das letzte Mal nachgeschaut habe, lief der Test noch. Aber das war schon vor einer Stunde, vielleicht gibt es schon was Neues.«

»Das müssen wir rauskriegen«, entschied ich.

Peter ging zur Leiter. »Komm, wir schauen auf dem Computer nach.«

»Bin gleich zurück, Wanda«, verabschiedete ich mich. Aber sie war sowieso untergetaucht.

Ich kletterte die Leiter hinunter und folgte Peter in das Büro am anderen Ende des Labors, wo er kurz zuvor mit seinem Vater gesessen hatte. Im Augenblick war es leer.

Peter hockte sich vor den Computer und loggte sich ein. Als er gerade nach unten scrollte, steckte Dr. Gallagher den Kopf zur Tür hinein.

»Was ist denn hier los?«, fragte sie lächelnd. »Hey, Lily! Ich habe schon gehört, dass du uns heute mal wieder besuchst.«

»Ja, genau.« Ich war zu nervös, um mit ihr zu plaudern, so große Sorgen machte ich mir. Deshalb war ich froh, dass Peter ihr kurz erklärte, was wir hier wollten.

»Ich habe die Analyse selbst durchgeführt«, sagte Dr. Gallagher. »Die Infektion ist verschwunden. Rein körperlich gesehen gibt es eigentlich keinen Grund, wieso es ihr nicht besser geht.«

»Aber warum ist sie dann immer noch so schlapp?« Ich machte einen Schritt zur Tür. Hinten dümpelte Wanda nach wie vor lustlos in ihrem Wassertank.

Dr. Gallagher wiegte den Kopf hin und her. »Das versuchen wir gerade herauszufinden. Möglicherweise hat sie eine innere Verletzung, die sich durch unsere bisherigen Tests nicht feststellen ließ.« Jemand rief nach ihr, und Dr. Gallagher eilte mit einem Winken davon.

»Ich muss wieder zu Wanda«, sagte ich zu Peter.

Peter nickte und folgte mir. Bald saßen wir wieder oben auf der Plattform. Eine Weile sahen wir nur stumm zu, wie Wanda langsam im Kreis schwamm.

Schließlich brach Peter das Schweigen. »Willst du es noch mal mit deinen Delfinpfiffen probieren? Ich glaube, das gefällt ihr. Vielleicht heitert es sie auf.«

»Meinst du?« Die Vorstellung, vor Peter zu quieken und zu pfeifen wie ein Delfin, war mir etwas peinlich … aber trotzdem, es war keine schlechte Idee. Wanda wirkte zwar viel matter als früher, aber sie hatte bisher immer darauf reagiert. »Na gut, versuchen wir's.«

Als ich pfiff und zwitscherte, tauchte Wanda auf und sah mich an, als würde sie zuhören. Dann bat Peter mich, ihm ein paar Delfinlaute beizubringen, womit wir einige Minuten beschäftigt waren. Doch danach konnte er sie fast so gut wie ich. Also »sprachen« wir abwechselnd mit

Wanda, und für eine Weile wirkte sie beinahe so lebhaft wie früher.

Nach einiger Zeit schien sie müde zu werden, und so unterhielten Peter und ich uns lieber zu zweit. Er wollte von mir wissen, seit wann ich mich so sehr für Delfine und andere Meeresbewohner interessierte, und ich fragte ihn, wie es war, den ganzen Tag im Aquarium verbringen zu dürfen. Wenn er nicht gerade heimlich Fotos von mir ins Internet stellte, war Peter wirklich ganz nett.

Doch als er mir von einer Meeresbiologentagung erzählte, zu der sein Dad ihn mitgenommen hatte, verstummte er plötzlich mitten im Satz. Er blickte nach unten, und sein Lächeln verschwand.

Ich spähte ebenfalls durch das Gitter. Vor dem Tank stand der ältere Junge, den ich vorhin getroffen hatte, und starrte Wanda an. Wie es aussah, hatte er uns nicht bemerkt, worüber ich sehr froh war. Ich wollte mir nicht schon wieder blöde Sprüche anhören müssen.

»Was macht der denn hier?«, murmelte Peter.

»Der? Wer ist das denn?« Ich sah ihn fragend an. »Ich dachte, er macht hier auch ein Praktikum, so wie du.«

Doch Peter hatte offenbar nicht zugehört. Er sprang auf, flitzte die Leiter hinunter und stellte sich dem älteren Jungen entgegen. Die beiden gingen fast aufeinander los, aber was sie sagten, verstand ich von meinem Platz aus nicht.

Ich wollte gerade näher heranrutschen, da summte mein Telefon – eine Nachricht von Nia.

> Bin in Manhattan hängen geblieben. Weiß nicht, ob ich's rechtzeitig zu dir schaffe. Kannst du deinen Dad fragen, ob er dich abholen kann?

Das Herz rutschte mir in die Hose. Meine Eltern hatten doch keine Ahnung, wie oft ich in letzter Zeit im Aquarium herumhing! Seit dem einen Abendessen am allerersten Tag hatten sie sich nie wieder nach Wanda erkundigt! Und jetzt sollte mich mein Dad von hier abholen?

Ich rief Nia an. »Wie spät wird es denn?«, fragte ich. »Ich könnte ja auch einfach draußen auf dich warten.«

»Nein!«, rief Nia erschrocken. »Wenn deine Leute rauskriegen, dass ich dich irgendwo auf Coney Island an der Straßenecke habe warten lassen …«

Da hatte sie auch wieder recht. »Okay, okay. Dann rufe ich eben Dad an.«

Ich legte auf und tippte auf das Anrufsymbol neben seinem Namen. Nach mehrmaligem Läuten ging er dran.

»Lily?«, fragte er. »Alles in Ordnung bei dir?«

»Ja, klar.« Ich atmete tief ein. »Aber du müsstest mich später leider abholen.«

Ich erklärte es ihm – allerdings nicht in allen Einzelheiten. Die Geschichte mit Wanda ließ ich ganz weg und behauptete stattdessen, Nia wäre zur Belohnung mit mir ins Aquarium gefahren, weil ich so fleißig gelesen hätte.

»Aha«, machte Dad. »Und dann lässt sie dich da einfach allein?«

»Ich bin ja nicht allein.« Aus Ärger, mich ausgerechnet jetzt mit Dad streiten zu müssen, krallte ich mich fester ums Handy. »Äh … Nia kennt hier einen Biologen, der passt auf mich auf. Sie musste schnell was erledigen.«

»So, so. Okay, ich hole dich ab, aber das dauert noch ein Weilchen – wir haben gerade einen Auftrag in Astoria.«

Ich musste schlucken. Astoria war drüben in Queens, und Dad müsste sich danach durch den Feierabendverkehr kämpfen. Er wäre erst in einer halben Ewigkeit hier. »Also das Aquarium macht ungefähr in einer Stunde zu. Eventuell bleiben die Biologen ein bisschen länger, aber …«

Da sagte Dad etwas, das ich nicht richtig verstand, er hatte wohl das Handy vom Ohr genommen. Doch ein Wort hörte ich eindeutig heraus: Nia.

»Dad?«, rief ich. »Es ist kein Problem. Ich kann mit der U-Bahn nach Hause fahren. Das ist doch halb so wild.«

»Nein«, erwiderte er scharf. »Das ist zu gefährlich.«

»Aber es ist doch nur die Linie F. Mit der fahre ich andauernd. Ich weiß genau, wie das geht.«

Ich hörte, wie Peter hinter mir die Gerüstleiter hinaufkletterte. »Mit wem redest du da?«, flüsterte er.

Kurz ließ ich das Telefon sinken. »Mit meinem Dad. Dauert nur noch eine Sekunde.«

Als ich das Handy wieder ans Ohr drückte, redete Dad schon weiter – darüber, dass er Nia gleich mal anrufen würde, um ihr die Meinung zu sagen. »Nein!«, rief ich. »Ehrlich, das ist halb so schlimm. Ich rufe sie einfach selbst an. Vielleicht weiß sie wen, der mich abholen kann.«

»Am Ende noch einer von ihren verrückten Künstlerfreunden«, schnaubte Dad. »Nein, da bist du mit der U-Bahn immer noch sicherer unterwegs.«

Peter stupste mich an, und als ich ihn verscheuchen wollte, lehnte er sich auch noch ganz nah zu mir. »Kommt Nia zu spät?«, flüsterte er viel zu laut. »Ich hätte da eine Idee.«

»Nein, das ist doch kein Problem«, redete ich weiter. »Ich rufe sie einfach … hey!«

Peter hatte mir das Telefon aus der Hand gerissen.

»Hallo, ist da Lilys Dad?«, sprach er hinein. »Ich bin Peter Hernandez. Mein Dad ist leitender Biologe hier im

Aquarium. Wenn Lilys Mitfahrgelegenheit spät dran ist, kann sie erst mal mit uns nach Hause kommen.«

Ich versuchte ihm das Telefon wieder wegzuschnappen. »Echt jetzt, Peter, das ist doch alles halb so …«

Doch Peter duckte sich zur Seite und nickte eifrig. Anscheinend sagte mein Dad gerade irgendetwas.

»Wir wohnen in Bay Ridge«, antwortete Peter. »Sie können Lily einfach abholen, wenn Sie so weit sind.« Noch ein Nicken. »Okay, ich hole ihn gleich. Einen Moment.«

Peter ließ das Handy sinken. »Er will meinen Dad sprechen.«

»Wa…«, fing ich an.

Doch Peter war schon davongerannt, und ein paar Minuten später war alles geklärt. Ich würde mit Dr. Hernandez und ihm nach Hause fahren, wo Dad mich so schnell wie möglich abholen würde. Ich bedankte mich bei Peter, dass er sich diesen Plan ausgedacht hatte, und sagte Nia per Textnachricht Bescheid.

Cool, schrieb sie eine Sekunde später zurück. Du musst mir dann unbedingt erzählen, ob bei denen auch alles mit Fischen tapeziert ist. So wie in deinem Zimmer.

Ich verdrehte die Augen, steckte mein Handy ein und kümmerte mich wieder um Wanda.

Den restlichen Nachmittag saß ich pausenlos auf der Plattform und beobachtete mein Delfinmädchen. Eine Weile hockte Peter neben mir, dann musste er vorne bei der Pinguinfütterung mithelfen. Er fragte mich, ob ich mitkommen wollte, und ich war drauf und dran, Ja zu sagen – aber ich konnte meine Freundin nicht allein lassen. Als ich dankend ablehnte, wirkte Peter überrascht und leicht enttäuscht, und deshalb behauptete ich, ich hätte Nia versprochen, noch ein paar Kapitel zu lesen. Ich zerrte sogar meinen Rucksack auf das Gerüst, damit er mir die Ausrede auch abnahm.

Ehrlich gesagt war ich froh, dass Wanda und ich endlich unter uns waren. Nicht dass ich etwas gegen Peter gehabt hätte – über die Sache mit dem Blog hatte ich mich zwar sehr geärgert, aber in Wirklichkeit war er so viel netter. Doch solange ich hier sein durfte, wollte ich mich zu hundert Prozent auf Wanda konzentrieren. Dann könnte ich vielleicht doch noch herausfinden, was mit ihr nicht stimmte.

Es kam mir vor, als wären erst fünf Minuten vergangen, als Peter plötzlich nach oben rief: »Wir fahren!«

»Na gut.« Ich stand auf. »Mach's gut, Wanda«, sagte ich leise. »Ruh dich schön aus und gute Besserung, ja?«

Ich stieg die Leiter hinunter, ohne Wanda aus den Augen zu lassen, und sie steckte den Kopf aus dem Wasser.

Mit einem Lächeln winkte ich ihr noch einmal, während sie zum Abschied dicht an der Glasscheibe vorüberschwamm.

»Sie kennt dich, das merkt man gleich«, meinte Peter und sah seinen Dad an, der gerade zu uns kam. »Delfine gewöhnen sich schnell an bestimmte Menschen, oder?«

»Ja«, sagte Dr. Hernandez. »Sie können eine echte Bindung mit uns eingehen.« Er lächelte mich an. »Bist du so weit, Lily?«

»Klar.« Dr. Hernandez, Peter und ich liefen durch das Aquarium und über den Parkplatz zu einem Wagen, der nicht besonders chic war, aber dafür höchst interessant. Im geräumigen Kofferraum lagen ein stinkendes Fischernetz voller verkrusteter Algen, einige große Muscheln, eine einzelne Schwimmflosse und ein Haufen Eimer, Flaschen und Handtücher, und auf dem Rücksitz neben mir stapelten sich Bücher und Magazine zu einem schwindelerregenden Turm. Fast alle davon handelten von Meeresbiologie und Meereskunde.

Peter bekam mit, wie ich den Stapel bestaunte. »Schau sie dir ruhig an, wenn du willst«, sagte er freundlich. »Das ist doch okay, Dad?«

»Natürlich.« Dr. Hernandez warf einen Blick in den

Rückspiegel und wartete auf eine Gelegenheit, in die Surf Avenue einzubiegen. »Keine falsche Zurückhaltung, Lily!«

»Danke.« Während wir uns langsam in der Autoschlange vorwärtsschoben, blätterte ich in den Büchern und Heften, und irgendwann hielten wir vor einem großen, alten Backsteinbau in einer hübschen Straße in Bay Ridge. Dr. Hernandez und Peter wohnten in einem Apartment im obersten Stock. Als wir eintraten, eilte uns eine Frau mit dunklen Haaren und Katzenaugenbrille entgegen und begrüßte uns.

»Mom, das ist Lily«, stellte Peter mich vor. »Ich habe dir schon von ihr erzählt.«

»Willkommen, Lily.« Die Frau hatte dasselbe Lächeln wie ihr Sohn. »Es ist so schön, dich kennenzulernen.«

»Freut mich auch, Mrs Hernandez«, antwortete ich ein bisschen schüchtern. Was Peter ihr wohl alles über mich erzählt hatte?

»Also eigentlich heißt Mom Dr. Duran-Hernandez«, korrigierte Peter mich. »Sie ist auch Wissenschaftlerin. Aber sie arbeitet bei einer Firma in Manhattan.«

»Ach, das nehme ich nicht so genau.« Dr. Duran-Hernandez schüttelte lachend den Kopf. »Lily, nenn mich einfach Paula – mein Nachname ist ja wirklich viel zu kompliziert!«

Dr. Hernandez lockerte sich grinsend die Krawatte. »Hast du was zu essen bestellt?«, fragte er seine Frau.

Sie nickte. »Sollte gleich eintrudeln.« Dann lächelte sie mich an. »Du isst doch mit, oder?«

Erst in diesem Moment fiel mir auf, dass ich am Verhungern war, und ich nickte schnell. Seit den Falafeln mit Nia schienen Jahrzehnte vergangen zu sein. »Ähm, danke«, sagte ich. »Also wenn es kein Problem ist.«

»Cool.« Peter strahlte mich an. »Komm, bis das Essen da ist, machen wir noch eine Wohnungsführung.«

12

Das Abendessen war großartig – also weniger das Essen selbst, obwohl die griechischen Gerichte vom Lieferdienst und der grüne Salat, den Peters Mom vorher gemacht hatte, sehr gut schmeckten. Aber am besten waren die Gespräche.

Am Anfang, als wir uns gerade an den modernen Glastisch in der Essnische gesetzt hatten, wusste ich nicht so recht, was ich sagen sollte. Ich kannte diese Familie ja kaum, und offensichtlich führten sie ein ganz anderes Leben als wir. Allein, dass sie in einem vornehmen Drei-Zimmer-Apartment mit Portier an der Haustür, Aufzug im Hausflur und Blick auf die Bucht vor New York wohnten.

Doch kaum kam die Unterhaltung in Gang, war das alles

vergessen. Es war einfach unglaublich spannend! Zuerst erkundigte sich Dr. Hernandez bei seiner Frau, wie ihr Tag gelaufen war, und so erfuhr ich, dass sie als Biochemikerin an neuen Energiequellen forschte. Das interessierte mich natürlich brennend, und Dr. Duran-Hernandez war offensichtlich beeindruckt von meinen vielen Fragen.

Danach ging es ums Aquarium. Peter und sein Dad hatten zu Hause anscheinend immer berichtet, was es Neues von Wanda gab.

»Wie geht es ihr?«, fragte Dr. Duran-Hernandez und spießte ein Stück Fetakäse auf. »Geht es bergauf?«

Ihr Mann schüttelte den Kopf. »Schwer zu sagen. Ab und zu wirkt sie ein bisschen munterer, aber …«

»Ja, vor allem, wenn Lily sich mit ihr unterhält«, unterbrach Peter ihn fröhlich. »Wusstet ihr, dass sie fließend Delfinisch spricht?«

Als seine Eltern zu mir blickten, wurde ich rot. »Das ist ein bisschen übertrieben«, meinte ich. »Ich versuche einfach, Delfinlaute nachzuahmen, und manchmal sieht es so aus, als würde Wanda zuhören. Mehr nicht.«

»Ach ja, stimmt, das hast du erwähnt«, sagte Dr. Hernandez nachdenklich. »Sollte Wanda noch länger bei uns bleiben, könnten wir eventuell eine Studie darüber machen, inwieweit sie auf dich reagiert. Das könnte interessant werden.«

»Was glauben Sie, wie lange sie noch im Aquarium bleiben muss?«, fragte ich.

Peter zuckte mit den Schultern. »Solange sie noch krank ist, könnt ihr sie ja schlecht freilassen, oder?«

Ich trank einen Schluck Wasser und dachte nach. Was, wenn Wanda einfach nicht gesund werden würde? Und wenn Dr. Hernandez und die anderen nie herausfinden würden, was mit ihr los war? Wie lange würden sie sie im Aquarium behalten, und wann … wann würden sie sie schließlich aufgeben?

»Wenn wir doch nur wüssten, was sie so quält …«, murmelte Dr. Hernandez.

»Ja.« Ich starrte auf meinen Teller. Mir war der Appetit vergangen. »Glauben Sie wirklich, sie hat eine Verletzung?«

»Eine Verletzung?«, wandte sich Peters Mom an seinen Dad. »Was für eine Verletzung sollte das sein, Schatz?«

»Das wissen wir eben nicht.« Dr. Hernandez seufzte und fummelte an seiner Serviette herum. »Wir finden beim besten Willen keine Hinweise auf körperliche Ursachen. Sie schwimmt, sie atmet, sie frisst, alles wunderbar. Nur ihre Stimmung ist so seltsam niedergeschlagen.« Er blickte mit traurigen dunklen Augen auf seinen Teller. »Manche wilden Tiere erholen sich nie von einer Gefangenschaft.«

Plötzlich klapperte Peters Gabel auf den Tisch. »Oder Owen Butler steckt dahinter!«

»Hä?« Ich hatte keine Ahnung, von wem er sprach. »Owen Butler? Wer ist das?«

Auch Peters Mom machte ein verwirrtes Gesicht. Doch sein Dad sah ihn aufmerksam an. »Owen? Jetzt wo du's sagst, ich hab ihn heute im Labor gesehen. Aber wieso sollte er etwas damit zu tun haben, dass es Wanda schlecht geht?«

»Weil er ein Vollidiot ist«, sagte Peter finster. »Außerdem haben Lily und ich ihn heute dabei beobachtet, wie er Wanda angestarrt hat. Stimmt doch, Lily?«

Endlich kapierte ich es. »Meinst du den Jungen, mit dem du vorhin geredet hast? Richtig, den hab ich ein paarmal am Wassertank gesehen. Wer ist das?«

»Owen sollte diese Ferien auch ein Schülerpraktikum bei uns machen. Er hat zur gleichen Zeit angefangen wie Peter«, erzählte Dr. Hernandez. »Seine Mutter ist eine Kollegin von mir. Sie hat uns dazu überredet, ihn zu nehmen.«

»Ach ja«, sagte Peters Mom nickend. »Jetzt fällt's mir wieder ein. Das ist der Sohn von Susan Butler, oder?«

Susan Butler – so, so! Mit der hatte ich ja leider schon Bekanntschaft gemacht.

»Moment.« Als mir dämmerte, was Peter da gerade

gesagt hatte, klopfte mein Herz wie wild. »Du glaubst, dieser Owen hat Wanda etwas angetan? Dass er sie irgendwie … krank gemacht hat? Aber warum sollte er so etwas tun?«

»Wie gesagt, er ist ein Vollidiot«, antwortete Peter. »Deswegen haben sie ihn ja auch rausgeschmissen.«

Peters Dad seufzte. »Das war eine unangenehme Geschichte. Owen war nicht mal eine Woche bei uns, da musste er leider wieder gehen.«

»Wurde er nicht dabei erwischt, wie er Tiere getriezt hat? Oder so ähnlich?«, warf Peters Mom ein und holte noch etwas Eiswasser aus dem Spender am Kühlschrank. »Darüber hattet ihr euch damals länger unterhalten.«

Peter zog eine wütende Grimasse. »Er hat die Pinguine mit Popcorn beworfen, nur weil er vor einem Mädchen angeben wollte. Ich hab ihm gesagt, er soll damit aufhören, aber er hat einfach immer weitergemacht.«

»Und am Tag darauf hat ihn eine Kollegin bei einer ähnlichen Meisterleistung ertappt«, ergänzte Dr. Hernandez. »Da war uns endgültig klar, dass das nichts mehr wird.«

»Uff.« Ich dachte an den fiesen Jungen und erschauderte. »Das ist ja schrecklich. Aber wie kommst du darauf, dass er etwas gegen Wanda hat?«, fragte ich Peter.

Er zuckte mit den Schultern. »Er gibt mir die Schuld daran, dass er rausgeflogen ist. Und seine Mom sieht das genauso. Deswegen schreit sie mich ja ständig an.«

Wieder seufzte Dr. Hernandez. »Peter, ich habe dir das doch erklärt …«

»Ja, ja«, sagte Peter. »Ich soll es an mir abprallen lassen. Sie ist eine fähige Mitarbeiterin.« Er blickte zur Decke. »Ich geb mir Mühe, Dad. Okay?«

Zum ersten Mal tat Peter mir ein bisschen leid. Jetzt wusste ich also, wieso Ms Butler es immer auf ihn abgesehen hatte – und auch auf mich, nur weil wir ihr damals bei den Walrössern zusammen begegnet waren. Wenn ich mich jeden Tag von dieser Frau herumkommandieren lassen müsste …

»Aber egal«, sagte Peter. »Ich dachte mir nur, es könnte doch sein, dass Owen meinen Blog entdeckt hat und weiß, dass ich mich für Wanda interessiere. Und jetzt will er, dass sie krank bleibt, damit ich schlecht dastehe!«

Seine Eltern sahen einander zweifelnd an. »Ich weiß nicht«, meinte Peters Mom. »Das erscheint mir doch ein bisschen weit hergeholt.«

»Aber es wäre ihm zuzutrauen!«, rief Peter. »Vielleicht hat er sich ins Labor geschlichen und an Wandas Medikamenten herumgepfuscht. Oder seine Mom hat irgendwas ins Wasser gemischt, das sie krank macht!«

Mir wurde schwindelig. Was, wenn Peter recht hatte? Hatte er am Ende gerade das Rätsel gelöst, wieso Wanda einfach nicht gesund wurde?

»Wir sollten keine voreiligen Schlüsse ziehen«, sagte Dr. Hernandez streng. »Man darf niemandem solche Vorwürfe machen, nur weil …«

Da klingelte es an der Tür. »Das muss der Portier sein«, meinte Peters Mom und stand auf. »Schätze, dein Dad ist da, Lily. Ich frage ihn schnell, ob er nach oben kommen will, damit du in Ruhe aufessen kannst.«

»Nicht nötig, ich bin sowieso fertig«, antwortete ich.

Aber es war zu spät. Peters Mom unterhielt sich schon über die Sprechanlage an der Tür mit jemandem, und ein paar Minuten später ließ sie meinen Dad herein.

In seinen Arbeitsstiefeln und seinem verschwitzten Hemd wirkte er ziemlich fehl am Platz. »Danke, dass Sie auf Lily aufgepasst haben«, sagte er mürrisch, trat von einem Fuß auf den anderen und knetete dabei seine Baseballmütze. »Sehr freundlich von Ihnen.«

Dr. Duran-Hernandez lächelte ihn an. »Es hat uns sehr gefreut, Lily kennenzulernen. Setzen Sie sich doch kurz. Es ist reichlich zu essen da.«

»Danke, aber wir sollten weiter. Meine Frau wartet sicher schon«, erwiderte Dad. »Bist du so weit, Lily?«

Danach wechselten er und ich kaum noch ein Wort,

bis wir in Dads Lieferwagen saßen. Dort roch es wie immer nach Schweiß und Abdichtmasse.

Dad drehte den Zündschlüssel herum. »Wirken ja ganz nett, diese Leute«, sagte er laut, damit ich ihn trotz des dröhnenden Dieselmotors verstand. »Ein Glück, dass die dich mitgenommen haben, wo sich diese Nia einfach vom Acker gemacht hat.«

»Sie hat sich doch nicht …« Ich atmete einmal tief ein und riss mich zusammen. »Sie sind wirklich nett. Es war richtig interessant, wie Peters Eltern von ihrer Arbeit erzählt haben.«

»Aha.« Dad feuerte einen kurzen, kritischen Blick auf mich ab und sah wieder auf die Straße. »Wahrscheinlich über so Biologiekram? Klar, das war sicher spannend für dich.«

Vor lauter Verblüffung wusste ich erst mal nichts mehr zu sagen. Hatte mein Dad also endlich eingesehen, dass ich mich wirklich für Biologie interessierte? Und er machte sich gar nicht darüber lustig?

»Ja, schon«, sagte ich vorsichtig. »Peter macht ein Schülerpraktikum im Aquarium. So was könnte ich nächstes Jahr vielleicht auch machen.« Und nach einer kurzen Pause fügte ich schnell hinzu: »Ich glaube, es kostet nichts.«

»Über nächstes Jahr reden wir nächstes Jahr«, erwiderte Dad kurz angebunden.

Das klang jetzt vielleicht nicht nach einer besonders ermutigenden Antwort. Aber sie kam von meinem Dad, und von ihm hatte ich etwas ganz anderes erwartet. Deshalb machte mein Herz einen kleinen Hüpfer. Was wäre, wenn …?

»Hey«, riss er mich grob aus meinen Gedanken. »Wo sind deine Bücher? Hast du sie etwa bei den Leuten liegen gelassen? Wir können noch umkehren und sie holen.«

Meine Bücher? Ich musste schlucken. Ja, jetzt wo er es sagte …

»Nein, nein, sie sind nicht bei Peter«, sagte ich langsam. »Ich glaube, ich habe sie im Aquarium vergessen.«

Eigentlich glaubte ich das nicht nur. Ich wusste es genau. Vor meinem geistigen Auge sah ich meinen Rucksack glasklar auf der Plattform über Wandas Tank liegen.

Dad schnitt eine Grimasse. »Ist das dein Ernst, Lily? Deine Mom und ich geben dir eine einzige Aufgabe für die ganzen Ferien, und was machst du? Benimmst dich wie ein Kleinkind. Dabei bist du doch so ein kluges Köpfchen. Jetzt muss diese Nia noch mal mit dir nach Coney Island gurken.«

Ich lehnte mich zurück, sah aus dem Fenster und verkniff mir ein Lächeln – Dad dachte, für mich wäre es eine Art Strafe, ins Aquarium zu fahren! Die ganze restliche Fahrt meckerte er über meine Vergesslichkeit, und natürlich tat ich so, als würde ich brav zuhören.

13

Als Nia mich am nächsten Morgen zu Hause abholte, hatte sie großartige Laune. Zum Glück waren Dad und meine Brüder schon zu ihrem ersten Termin aufgebrochen, Dad konnte ihr also nicht wegen des vorigen Tages die Meinung geigen.

»Und, wie war's bei Familie Hernandez?«, fragte Nia, als wir auf dem Weg zum Atelier den Kanal überquerten. »Sorry noch mal, dass ich dich gestern habe sitzen lassen. Ich hab's einfach nicht mehr rechtzeitig geschafft.«

»Ich hab mit Peter und seinen Eltern abendgegessen, das hat Spaß gemacht.« Ich fing an, in allen Details zu berichten, doch Nia pfiff beschwingt vor sich hin und hörte mir offensichtlich überhaupt nicht zu. Was hatte sie nur?

Da fiel mir wieder ein, wieso sie am vorigen Tag nach Manhattan gefahren war – um eine Skulptur abzuliefern, hatte sie mir erzählt. Hatte sie vielleicht eine Menge Geld verdient? Dann wäre es ja kein Wunder, dass sie so gut gelaunt war. Und eventuell hatte sie ihren neuen Reichtum gleich zur Bank gebracht und es deshalb nicht mehr rechtzeitig zum Aquarium geschafft.

»Ich muss heute noch mal ins Aquarium«, sagte ich.

Nia wirkte leicht genervt. »Schon wieder? Wenn das so weitergeht, ziehen wir am besten gleich in die U-Bahn ein. Kostet wahrscheinlich weniger Miete als ein Apartment.«

Das brachte mich zum Kichern. Wenigstens war sie mir nicht böse.

»Diesmal gibt es sogar zwei Gründe«, sagte ich. »Erstens habe ich meinen Rucksack dort vergessen … und außerdem muss ich nach Wanda sehen. Peter hat nämlich eine Theorie, wieso es ihr immer noch so schlecht geht.«

Ich erzählte ihr von Peters Verdacht gegen Owen Butler, und zum ersten Mal an diesem Tag hörte Nia auf zu pfeifen und lauschte konzentriert.

»Oh Mann«, sagte sie, als ich am Ende angekommen war. »Wenn das stimmt, sollte Dr. H sich den Kerl aber schleunigst vorknöpfen.«

Das sah ich genauso. »Also fahren wir zum Aquarium?«

»Wieso nicht?« Nia lächelte fröhlich. »Ich hole nur schnell meinen Kram aus dem Atelier, dann machen wir uns gleich auf die Socken.«

Im Aquarium schrieb Nia eine SMS an Dr. Hernandez, doch diesmal öffnete Peter uns die verschlossene Tür.

»Als wir heute Morgen Wanda gefüttert haben, habe ich deinen Rucksack gefunden«, sagte er. »Ich hab ihn zur Sicherheit in Dads Büro gelegt.«

»Danke.« An meinen Rucksack dachte ich im Moment gar nicht. »Geht's Wanda besser?«

»Sie hat gefressen, aber Dr. Gallagher meinte, es hätte ein bisschen mehr sein können.«

»Habt ihr hier irgendwo eine Toilette?«, fragte Nia und grinste Peter an. »Ist eine lange Fahrt hierher, und ich hab schon drei Tassen Kaffee intus.«

»Ja, gleich dahinten.« Peter zeigte ihr die Richtung, und Nia sauste mit einem Dankeschön davon. Jetzt standen wir allein vor der Labortür.

»Hat dein Dad was gemacht wegen … na ja …«, sagte ich zögerlich. Auf dem Gang war es still, aber sollte plötzlich Ms Butler aus irgendeiner Ecke auftauchen und alles mitbekommen, wäre das mehr als ungünstig. »Na ja, wegen deinem Verdacht?«

»Ja.« Peter ließ die Schultern hängen. »Owen hat doch nichts damit zu tun.«

»Wirklich? Woher wisst ihr das?«

»Er ist gestern erst aus New England zurückgekommen«, erzählte Peter. »Seit er hier rausgeflogen ist, hat er dort gewohnt, bei seinem Dad und seiner Stiefmutter. Von Wanda wusste er bis vor einem Tag überhaupt nichts.« Peter zuckte mit den Schultern. »Mein Dad meinte, Ms Butler sei ziemlich beleidigt gewesen, als er sie darauf angesprochen hat. Sie habe gesagt, dass Owen manchmal klar Mist baue, und natürlich sei sie auch sauer gewesen, als er rausgeworfen wurde.« Er atmete tief ein. »Aber sie haben beide trotzdem ein großes Herz für Tiere, deshalb arbeite sie ja hier und deshalb habe Owen unbedingt das Praktikum machen wollen. Und deswegen seien sie beide so frustriert gewesen, als er gehen musste. Es war ihm anscheinend wirklich wichtig.«

Ich lehnte mich gegen die Wand. Das musste ich erst mal verdauen. »Dann wissen wir also wieder gar nichts«, murmelte ich. »Wir haben immer noch keine Ahnung, wieso Wanda sich so komisch benimmt.«

»Genau.«

Peter wollte noch etwas hinzufügen, aber da kam Nia auch schon zurück. »Hey.« Sie pikte ihn in die Schulter. »Wer hat hier eigentlich das Sagen? Wer ist hier der Obermacker?«

»Das wäre dann wohl mein Dad«, meinte Peter. »Er ist

jetzt nicht der Chef vom ganzen Aquarium, aber er ist leitender Biologe und daher der Laborchef.«

»Cool. Ist er da?« Nia zwinkerte mir zu.

Ich wunderte mich. Was wollte sie von Dr. Hernandez? Aber wenn ich dann endlich zu Wanda konnte, war es mir egal.

Als wir eintraten, prallten wir fast mit Dr. Hernandez zusammen – er unterhielt sich an der Tür mit Ms Khan, der Labortechnikerin von unserem ersten Tag am Kanal, und mit einem jungen Mann, der wahrscheinlich ebenfalls Labortechniker war. Doch die beiden eilten kurz darauf davon.

Dr. Hernandez wollte eigentlich in sein Büro gehen, aber erst mal begrüßte er uns. »Oh, hallo! Lily, hat Peter dir schon gesagt, dass er deinen Rucksack gefunden hat?«

»Ja, danke«, antwortete ich.

»Und danke, dass Sie sich gestern um Lily gekümmert haben, Dr. H«, meinte Nia. »Hier. Für Sie.«

Sie holte etwas aus der Tasche und drückte es ihm in die Hand. Ich schnappte nach Luft. Es war ein Bündel Geldscheine!

Auch Dr. Hernandez machte große Augen, dann lächelte er. »Nein, nein, Sie müssen uns nicht fürs Babysitten bezahlen. Lily hat sich sowieso mehr um sich selbst gekümmert.«

»Nicht deswegen.« Nia vergrub die Hände in den Taschen ihres Kleids und lächelte zufrieden. »Es ist für das Ganze hier gedacht – fürs Aquarium. Ich hab gerade meine von Wanda inspirierte Delfinskulptur verkauft, und …«

»Die hast du gestern verkauft?«, platzte ich heraus.

Nia strahlte mich an. »Überraschung!«

Plötzlich fiel mir auf, dass ich seit über einem Tag nicht mehr in ihrem Atelier gewesen war – an diesem Morgen hatte Nia mich draußen warten lassen, während sie schnell ihren Kram geholt hatte. Woher hätte ich also wissen sollen, dass die Delfinskulptur verschwunden war?

Peter und sein Dad kamen offensichtlich nicht ganz mit, deshalb erklärte ich es ihnen schnell. »Als Wanda noch im Kanal war, haben wir doch ein paar Tage bei ihr Wache gehalten. Und Nia ist Künstlerin – sie baut wunderschöne Sachen aus Dingen, die kein Mensch mehr haben will.«

»Aus Müll, um genau zu sein«, erläuterte Nia gut gelaunt. »Davon liegt am Kanal mehr als genug herum.«

»Aber wie hast du den Delfin so schnell verkauft?«, fragte ich. »Ich wusste ja nicht mal, dass er fertig ist.«

»Ich habe neulich fast die ganze Nacht durchgemacht, um ihm den letzten Schliff zu geben. Und mit dem Verkauf hatte ich einfach Glück. Du weißt doch noch, wie viele Leute bei uns stehen geblieben sind und Wanda fotografiert haben?«

Ich nickte. Daran erinnerte ich mich nur zu gut. Auf einem dieser Fotos hatten meine Freundinnen mich mit Olivia Choi gesehen. Es war wirklich erstaunlich, dass meine Brüder und meine Eltern nicht längst von meinen Tagen am Kanal erfahren hatten.

»Na ja, ein paar haben auch meine Skulptur geknipst«, redete Nia weiter. »Einer hat ein paar Fotos davon an eine Freundin geschickt … die zufälligerweise Kunstsammlerin in Manhattan und unverschämt reich ist.« Nia lächelte. »Die Bilder haben ihr gefallen, und sie hat mir ein Mörderangebot gemacht. Da konnte ich nicht Nein sagen.«

»Wow!« Ich hatte die Delfinskulptur natürlich von Anfang an fantastisch gefunden, aber ich war sowieso ein Riesenfan von Nias Werken. Deshalb freute es mich umso mehr, dass noch andere Leute derselben Meinung waren.

Nia wandte sich an Dr. Hernandez. »Genau, und deswegen wollte ich die Hälfte an das Aquarium spenden, damit Sie sich weiter um Wanda kümmern können.«

»Oh, verstehe.« Zuerst fand Dr. Hernandez keine Worte. »Das ist sehr großzügig, herzlichen Dank. Nur schade, dass ich mir die Skulptur nicht mehr anschauen konnte.«

»Ach, das ist kein Problem.« Nia angelte ihr Handy aus der Tasche und rief ruckzuck ein Foto ihres Delfins auf.

Dr. Hernandez betrachtete ihn interessiert. »Beeindruckend … und kaum zu glauben, dass die Skulptur nur aus Müll besteht.«

»Ich habe sie *Der einsame Delfin* genannt«, meinte Nia.

Ich sah sie überrascht an. »Das wusste ich ja noch gar nicht. Aber der Name passt perfekt!«

»Er ist auch ein bisschen traurig«, warf Peter ein.

»Stimmt.« Mein Blick schweifte hinüber zu Wanda. Sie schwamm wieder in der Mitte des Tanks und rührte sich kaum.

Während sich die anderen weiter über Nias Skulptur und ihre Spende ans Aquarium unterhielten, ging ich zu meiner Delfindame. Sie entdeckte mich und schwamm ein Stückchen zur Glasscheibe, aber es wirkte nicht besonders kraftvoll.

»Du siehst wirklich einsam aus, mein Schatz«, sagte ich leise.

Dann zuckte ich zusammen. Das war die Lösung!

Ich rannte zurück zu den anderen. »Ich glaube, ich weiß jetzt, was mit Wanda los ist! Was, wenn sie gar nicht krank ist, sondern einsam?«

»Einsam?«, wiederholte Peter. »So wie die Skulptur?«

»Ja!« Ich hatte meine neue Theorie noch kaum aufgestellt, da war ich schon vollkommen überzeugt davon. »Du hast doch selbst gesagt, dass sie etwas munterer wird, wenn ich mich mit ihr unterhalte.« Ich drehte mich zu Dr. Hernandez. »Und Sie haben gesagt, dass manche wilden Tiere die Gefangenschaft nicht gut vertragen. Außerdem weiß doch jeder, dass Delfine in Gruppen leben.«

Nia lachte. »Na, vielleicht nicht jeder. Aber bestimmt alle, die hier rumstehen.«

»Das muss es sein, oder?«, rief ich aufgeregt. »Wanda hat sich irgendwie in den Kanal verirrt und nicht mehr hinausgefunden, und jetzt vermisst sie ihre Schule. Kein Wunder, dass sie so schlapp und traurig ist.«

Dr. Hernandez nickte nachdenklich. »Da könnte was dran sein. Wenn mit ihr körperlich alles in Ordnung ist, muss es ja an irgendetwas anderem liegen.«

»An ihrer Seele«, meinte Nia.

»Und was machen wir jetzt?«, fragte Peter.

Sein Dad zog die Schultern hoch. »Tja, ich dachte mir neulich schon, dass wir sie eigentlich genauso gut freilassen und abwarten können, was passiert.« Er blickte mir fest in die Augen. »Das könnte gut gehen – oder auch nicht. Aber hier bei uns bessert sich ihr Zustand einfach nicht, daher ist es vielleicht ihre beste Chance.«

Ich fröstelte. Es verunsicherte mich, dass aus meiner Theorie so schnell bitterer Ernst werden sollte. »Und wann wollen Sie sie freilassen?«

»Hast du morgen Zeit? Sie auch?« Dr. Hernandez sah erst mich an, dann Nia. »Wenn wir es versuchen wollen, gibt es keinen Grund, noch länger zu warten.«

14

Für den nächsten Morgen stellte ich meinen Wecker besonders früh. Ich wollte Wandas Freilassung auf keinen Fall verschlafen.

Als ich in die Küche ging, waren meine Brüder nirgends zu sehen, aber Mom und Dad saßen beide Kaffee trinkend am Tisch.

Dad stand auf. »Da bist du ja. Ich wollte schon nachschauen, ob du wach bist.«

»Doch, klar«, sagte ich und nahm den Orangensaft aus dem Kühlschrank. »Nia holt mich in einer halben Stunde ab.«

»Nein«, erwiderte Dad und sah hinüber zu Mom. »Wir holen sie ab.«

»Was? Wieso das denn?«

Dad lächelte, und zum ersten Mal fiel mir auf, wie sich dabei die Haut um seine Augenwinkel kräuselte – genau wie früher bei Grandpa. »Weil deine Mom und ich dich zu deinem Treffen mit den Aquariumsleuten fahren. Deine Mom hat Nia gestern Abend noch angerufen und ihr Bescheid gesagt, dass wir sie auf dem Weg dorthin abholen.«

Ich hätte beinahe den Saft fallen gelassen, so verblüfft war ich. »Ihr wollt mich hinfahren? Wie kommt ihr denn auf die Idee?«

Das war wohl nicht sehr freundlich gewesen, aber ich war mir wirklich nicht so sicher, ob ich richtig gehört hatte. Okay, ich hatte meinen Eltern erzählt, dass Wanda heute am Brooklyn Army Terminal freigelassen werden sollte – in der Nähe war die Delfinschule gesichtet worden. Ich hatte es ihnen sagen müssen, denn ohne ihre Erlaubnis hätte Dr. Hernandez mich nicht mitkommen lassen, und das wollte ich natürlich unbedingt. Ich wollte es mehr als alles andere in meinem Leben. Als ich am vorigen Abend mit meinen Eltern gesprochen hatte, hatte Dad fast nur geschwiegen, aber Mom hatte viele Fragen über Wanda und das Aquarium und Dr. Hernandez und sogar über Peter gestellt. Sie hatte später Dr. Hernandez angerufen, um ihm zu sagen, dass ich mitkommen durfte. Dad hatte sie nicht davon abgehalten, und darüber war ich schon sehr froh gewesen. Ich dachte, mehr kann ich von ihm sowieso nicht erwarten.

Jetzt schnappte Mom mir die Safttüte weg und nahm ein Glas aus dem Abtropfgestell neben der Spüle. »Wir wissen, wie wichtig dir das ist, Liebling.« Sie schenkte mir Saft ein und stellte das Glas an meinen Platz. »Dein Dad und ich haben gestern noch lange darüber geredet, und am Ende hat er gesagt, dass er sich den Vormittag freinimmt, damit wir beide gemeinsam dabei sein können. Stimmt doch, Schatz?«

Dad nickte. »Die Jungs kommen heute Vormittag schon allein zurecht. Aber jetzt iss schnell was. Könnte sein, dass wir in den Berufsverkehr kommen.«

»O-okay.« Mit schwirrendem Kopf setzte ich mich und starrte meinen Orangensaft an. »Aber ihr … ihr müsst mich wirklich nicht fahren. Nia und ich wollten die U-Bahn nehmen.«

»Das wäre eine Riesenodyssee bis zum Wasser«, winkte Dad ab. »Ihr müsstet umsteigen und noch ein Stück laufen. Außerdem machen wir das gerne, wo es dich doch so sehr fasziniert.« Er zuckte die Schultern und wich meinem Blick aus. »Tja, als ich dich neulich mit dieser Biologenfamilie gesehen habe, ist mir irgendwie ein Licht aufgegangen.«

Ich staunte so sehr, dass ich keinen Bissen mehr herunterbekam. Ich hatte geglaubt, der Besuch bei Familie Hernandez hätte keinen großen Eindruck bei meinem Dad hinterlassen … hatte ich mich da etwa geirrt?

»Dr. Hernandez hat am Telefon so nett über dich gesprochen.« Mom tätschelte meine Hand. »Wie sehr du ihnen mit diesem Delfin geholfen hättest. Wir sind stolz auf dich, Lily.«

»D-danke«, stammelte ich verunsichert. Sie waren stolz auf mich? Wegen so etwas? Wegen etwas, das mir wirklich wichtig war? Was war nur in meine Eltern gefahren?

In den letzten Jahren hatten die beiden mich wohl wirklich nicht besonders gut verstanden. Sie hatten nicht so genau hingeschaut, wofür ich mich eigentlich interessierte und wie ich mir mein Leben vorstellte. Aber langsam kam mir der Verdacht, dass ich auch nicht so genau hingeschaut hatte. Sie waren ganz anders als gedacht.

Doch darüber könnte ich später immer noch grübeln. Erst mal musste ich mich auf Wanda konzentrieren.

Als wir am Kai ankamen, trudelte gerade der monströse Lkw vom Aquarium ein.

Peter und ein paar andere Leute sahen zu, wie sein Dad

den Fahrer zum Wasserrand dirigierte. »Hi!«, rief ich und rannte zu Peter. »Wie geht's ihr?«

»Wie immer, würde ich sagen.« Er lächelte mich an. »Gut, dass du mit dabei bist.«

»Gut, dass dein Dad es dir diesmal erlaubt hat«, meinte ich, doch ich war nicht ganz bei der Sache. In dem großen Stahlbehälter da oben lag Wanda und wartete darauf, im Meer ausgesetzt zu werden.

»Finde ich auch.« Peter zückte sein Handy. »Hoffentlich kann ich einige brauchbare Fotos für meinen Blog schießen.«

Ich nickte. Gerade rumpelte der Kran heran und hielt neben dem Lkw.

Meine Eltern blieben ein Stück abseits, aber Nia kam zu Peter und mir. »Kommt jetzt wieder die Aktion mit der Schlinge?«, erkundigte sie sich bei Peter.

»Ja.« Er knipste die beiden Fahrzeuge ein paarmal. »Auf die Art kriegt man Wanda am sichersten ins Wasser. Kommt, gehen wir näher ran.«

Zu dritt liefen wir zum Lkw.

Dr. Hernandez winkte uns. »Kann gleich losgehen! Der Kranführer muss das Ding nur noch richtig ausrichten.«

Eine Mischung aus Angst und Aufregung ließ mein Herz pochen. Ich blickte zu den Aquariumsleuten hinauf, die oben auf dem Rand des Behälters saßen und Wanda feucht hielten. Sie redeten leise auf sie ein. »Kann ich Wanda noch mal sehen, bevor es losgeht? Ich, äh … ich würde mich gerne von ihr verabschieden.«

Dr. Hernandez musterte mich skeptisch. »Ich weiß nicht, Lily. Dass du da hochkletterst – da ist mir nicht ganz wohl dabei. Das ist nicht ungefährlich.«

»Und wenn meine Eltern es mir erlauben?« Heimlich drückte ich die Daumen und war plötzlich heilfroh, dass sie mitgekommen waren. »Meine Eltern haben mich hergefahren, Sie können sie also gleich fragen.«

Dr. Hernandez wirkte überrascht. »Ach, sie sind hier? Na, dann reden wir doch kurz mit ihnen.«

Ein paar Minuten später war alles geklärt. Dad und Dr. Hernandez schüttelten sich die Hände, als würden sie sich schon ewig kennen, und Mom erzählte ihm mit leuchtenden Augen, wie sehr mich Biologie und das Leben im Meer von klein auf fasziniert hatten. So was! Dass sie das überhaupt mitbekommen hatte! Mir gegenüber hatte sie nur ab und zu über meine »Spezialtapete« gescherzt. Auch diesen Gedanken legte ich beiseite, um ihn später genauer zu betrachten.

Die Tierpfleger vom Aquarium halfen mir, auf den Rand des großen Behälters zu klettern, und endlich sah ich meine Freundin. Ein Stück unter mir hing Wanda in einer Schlinge.

»Hey, du«, rief ich leise und stieß ein Delfinzwitschern aus. Mir war vollkommen egal, dass die anderen es mitbekamen. »Hattest du eine gute Fahrt? Wenn du siehst, wo wir sind, freust du dich bestimmt.«

Das hoffe ich jedenfalls, fügte ich im Stillen hinzu und drückte wieder die Daumen.

»Siehst du das?«, sprach mich ein junger Tierpfleger mit Sommersprossen und roten Haaren an, der irgendwie immer gut drauf war. »Ich glaube, sie hört dir zu. Sie ist sicher froh, dass du ihr noch Tschüss sagst.«

In diesem Moment kamen mir beinahe die Tränen, aber ich schluckte sie herunter. »Ja, das wollte ich auf keinen Fall verpassen.«

Er warf einen Blick auf eine Kollegin mit einem auffälligen Augenbrauen-Piercing – es war ein winziger Delfin. »Wenn du willst«, sagte sie, »kannst du sie ruhig streicheln. Keine Sorge, das macht ihr nichts aus.«

»Wirklich?« Ich musste schlucken. Natürlich wollte ich einen Delfin streicheln. Das heißt, ich wollte Wanda streicheln. Wenigstens ein einziges Mal.

Also hielt ich mich mit einer Hand am Rand des Behälters fest, damit ich nicht hineinfiel, und lehnte mich nach vorne. Doch ich zögerte – war Wanda früher nicht immer vor mir zurückgeschreckt? War es da nicht unfair, sie einfach zu streicheln, wenn sie mir nicht entkommen konnte?

Da zwitscherte Wanda leise, und irgendwie spürte ich, dass sie wirklich nichts dagegen hätte. Nicht mehr, denn inzwischen waren wir richtig gute Freundinnen geworden und ich hatte zusammen mit den anderen alles versucht, ihr zu helfen.

Ich lehnte mich noch weiter nach vorne, und als ich mich ganz lang machte, konnte ich ihr gerade so mit den Fingerspitzen über den Rücken streichen.

Ihre Haut war feucht und wärmer als erwartet. Und ganz glatt und geschmeidig, wie der Stoff eines Neoprenanzugs.

»Hey, Wanda.« Ich konnte nur flüstern, so überwältigt war ich. »Hey, du …«

Als sie in der Schlinge zuckte und mit der Schwanzflosse klatschte, zog ich erschrocken die Hand zurück. Hatte ich ihr etwa Angst eingejagt?

»Keine Sorge«, meinte die Pflegerin. »Sie spürt bloß die Berührung. Sprich mit ihr, dann weiß sie, wer du bist.«

»Na gut.« Ich räusperte mich. »Du musst keine Angst haben, Wanda. Ich bin's nur, deine Freundin Lily. Ich will mich von dir verabschieden. Danke, dass ich dich streicheln durfte. Und danke, dass du immer so lieb zu mir warst und mir so toll zugehört hast. Ich hoffe … ich hoffe …« Aber ich fand keine Worte mehr, und so redete ich lieber in Wandas Sprache weiter. Ich zwitscherte, quiekte und pfiff.

Dann hörte ich, wie Dr. Hernandez zu uns hinaufrief, dass der Kranführer so weit sei. Als ich mich wieder aufrichtete, nahm der Tierpfleger meine Hand, und alle anderen Aquariumsleute halfen mir vom Behälter herunter.

»Wie war's?«, fragte Peter neugierig, kaum dass ich wieder bei ihm und Nia angekommen war.

Ich brachte kein Wort heraus, deshalb schüttelte ich bloß den Kopf und lächelte.

»Dr. Gallagher hat gesagt, dass sie Wanda einen Peilsender mitgeben«, erzählte Nia. »Dann können sie immer nachgucken, wo sie gerade ist.«

»Ich hoffe, sie findet ihre Schule«, sagte ich.

Doch darauf bekam ich keine Antwort mehr, denn nun wurde Wanda vom Kran aus dem Behälter gehoben. Sie segelte durch die Luft, immer weiter und weiter hinaus über die Bucht. Dann aktivierte sich irgendein Mechanismus, und Wanda glitt elegant aus der Schlinge in die Wellen. Sofort verschwand sie unter der Wasseroberfläche.

»Wow!«, rief Nia. »Das war ja irre.«

Peter redete aufgeregt auf uns ein, aber ich hörte ihn kaum. Ich trat näher ans Wasser, beobachtete die Wellen … und riss die Augen auf.

»Da ist sie!«, rief ich und zeigte in Wandas Richtung.

Wanda hatte gerade den Kopf aus dem Wasser gesteckt, sie schaukelte in den Wellen draußen in der Bucht. Da hörte ich noch jemanden laut rufen – es war der rothaarige Tierpfleger, der nach wie vor oben auf dem Behälter hockte.

»Delfine!«, rief er und zeigte hinaus aufs Meer. »Da drüben!«

Auf einmal drängelten sich alle zum Rand des Kais. Sogar meine Eltern kamen näher und blinzelten in die Sonnenspiegelung auf dem unruhigen Wasser.

Es waren ungefähr zwölf Delfine. Mindestens. So wild, wie sie durch die Wellen schossen und sprangen, konnte man kaum den Überblick behalten.

»Wandas Schule!« Peter hob sein Handy, um Fotos zu knipsen. »Das muss einfach ihre Schule sein!«

Als Wanda sich zu den anderen Delfinen drehte, hielt ich den Atem an. Sie tauchte unter, und für einen Moment zog sich mein Magen zusammen.

Doch plötzlich katapultierte sie sich in hohem Bogen aus den Wellen und machte einen großen Satz in Richtung ihrer Artgenossen. »Ja!«, rief ich. »Es ist ihre Schule!«

»Ja.« Peter strahlte von einem Ohr zum anderen. »Und auf einmal wirkt sie gar nicht mehr so krank, oder?«

»Kein bisschen.« Nia schlug mir die Hand auf die Schulter. »Lily hatte recht!«

Ein paar Sekunden später schwamm Wanda mitten zwischen den anderen, und ich konnte nicht mehr erkennen, welcher Delfin meine Freundin war, sie waren einfach zu weit weg. Ein fröhliches Durcheinander aus feuchter grauer Haut sauste verspielt durch die Wellen, und alle Zuschauer lachten und unterhielten sich ausgelassen, ein paar klatschten sogar.

Doch ich blieb ganz still. Ich wollte Wanda so lange wie möglich zusehen. Die Delfine wurden immer kleiner, denn die Schule schwamm weiter hinaus in die Bucht, in Richtung des Kanals, der zwischen Brooklyn und Staten Island hindurchführt, hinüber ins offene Meer.

»Mach's gut, Wanda«, flüsterte ich.

15

Als die Delfine verschwunden waren, war ich immer noch überglücklich und gleichzeitig ein bisschen traurig. Ich lief ein paar Schritte am Wasser entlang, ich wollte allein sein und in Ruhe über alles nachdenken. Gegen Ende war Wanda für mich wie eine echte Freundin gewesen, und davon hatte ich in letzter Zeit nicht gerade viele.

Da summte mein Handy in der Tasche. Es summte gleich noch mal und noch mal. Ich hatte es nur mitgenommen, weil ich Fotos machen wollte, was ich allerdings völlig vergessen hatte. Aber Peter würde mir sicher seine schicken.

Ich warf einen Blick aufs Display: mehrere neue Nachrichten. Fast hätte ich das Ding wieder eingesteckt, denn ich wollte mir diesen Moment nicht verderben lassen. Aber dann öffnete ich die Nachrichten doch.

Hi, Lily! Ich bin's, Amber, und neben mir sitzt Jules, begann die erste. Wir haben geredet und wir wollen dir zwei Sachen sagen. Erstens dass du uns fehlst. Sehr sogar. So lange waren wir drei seit der ersten Klasse nicht mehr getrennt!

Ich nickte. Da hatten sie recht. Seit ich denken konnte, hatten wir uns nie so viele Tage hintereinander nicht gesehen. Ich tippte die nächste Nachricht an.

Und zweitens wollen wir dir sagen, dass es uns leidtut, dass wir uns einfach ein anderes Feriencamp ausgesucht haben, ohne noch mal mit dir zu reden und obwohl wir wussten, dass du nicht so auf Fußball stehst. Wir dachten eben, du machst trotzdem mit.

Ich schnitt eine Grimasse. Klar hatten sie das gedacht! Die liebe, nette Lily beschwerte sich doch nie über irgendetwas! Jetzt war die dritte Nachricht dran:

Als du uns erzählt hast, dass deine Eltern dich nicht ins Fußballcamp fahren lassen, haben wir dir das geglaubt. Aber wegen deiner Nachricht vom

Samstag haben wir noch mal nachgedacht. Du wolltest gar nicht hinfahren, oder?

»Stimmt«, murmelte ich zugleich erleichtert und peinlich berührt. Warum hatte ich ihnen nicht viel früher die Wahrheit gesagt? Den besten Freundinnen sollte man doch alles sagen können.

Aber egal, fing die nächste Nachricht an. Wir wollen's wiedergutmachen. Also wenn du uns verzeihst, dann versprechen wir dir was: Wenn wir wieder zurück sind, hängen wir eine ganze Woche mit dir im Aquarium ab!

Ich musste grinsen. Die beiden langweilten sich im Aquarium jedes Mal nach spätestens einer halben Stunde. Ich würde sie bestimmt nicht zwingen, dort eine ganze Woche zu verbringen … oder doch?

Also schreib uns bitte zurück, dass du uns nicht mehr böse bist!!, stand in der nächsten Nachricht. Bitte bitte! Weil du bist doch unsere beste Freundin für alle Zeiten und es tut uns sooooooooooo leid!!!! ♥♥♥♥♥ A&J

Ich tippte schnell eine Antwort:

Ich bin euch nicht mehr böse! Hab nur grad keine Zeit ... Wir reden später, o.k.?

Als ich die Nachricht abschickte, kam gerade Peter angelaufen. »Rate mal, was es Neues gibt! Mein Dad plaudert da drüben mit deinen Eltern, und ich glaube, ich weiß, worum es geht.«

Das schelmische Blitzen in seinen Augen ließ mich stutzen. Ich blickte hinüber zu unserem Wagen. Mom und Dad standen dort … und sie sprachen wirklich mit Dr. Hernandez.

»Worum geht es denn?«, fragte ich Peter.

»Na, um dich.« Er strahlte. »Mein Dad ist total beeindruckt, wie gut du dich mit Meeresbiologie auskennst und dass du darauf gekommen bist, was mit Wanda los war. Und deshalb will er, dass du für die restlichen Ferien zweimal die Woche zum Praktikum ins Aquarium kommst!«

Mir blieb die Luft weg. »Wirklich?!«

Sollte mein Traum so schnell in Erfüllung gehen? Ich konnte es nicht recht glauben. Was würden meine Eltern dazu sagen?

Doch dann sah ich, wie fröhlich Mom sich mit Dr. Hernandez unterhielt, und kurz darauf streckte mein Dad lächelnd die Hand aus und Peters Dad schlug ein.

Ich hatte immer noch nicht ganz begriffen, was das für mich bedeutete, da stupste Peter mich an. »Und da wäre noch etwas. Du kannst natürlich auch Nein sagen, aber vielleicht würde es dir ja sogar Spaß machen.«

Wieso druckste er denn auf einmal so herum? Ich sah ihm ins Gesicht. »Sag schon.«

Peter grinste verlegen. »Na ja, ich dachte mir, es wäre doch cool, wenn du einen Gastbeitrag für meinen Blog schreiben würdest. Über Wanda.« Er zuckte die Achseln. »Aber es macht auch nichts, wenn du keine Lust hast.«

Mein Blick schweifte wieder zum Wasser. Wo Wanda jetzt wohl war? Aber egal wo, ich konnte nur hoffen, dass sie glücklich war. So glücklich wie ich.

»Na klar«, sagte ich zu Peter. »Das klingt lustig.«

Peter Fisch und seine Reisen in die Unterwasserwelt

Ein Beitrag von Gastbloggerin Lily Giordano

Hallo liebe Leute! Vielleicht kennt ihr mich schon von Peter Fischs letztem Blogeintrag. Ich habe Wanda entdeckt und durfte sogar mithelfen, sie wieder freizulassen. Das war ein unglaublicher Tag! Aber der Abschied von meiner Freundin hat mich natürlich trotzdem traurig gemacht, und sie fehlt mir. Immer wenn ich am

Gowanuskanal vorbeikomme, denke ich an sie, und auch sonst eigentlich die ganze Zeit.

Doch das macht mir nichts aus, denn ich bin so froh, dass Wanda wieder bei ihrer Delfinschule ist. (Peter hat euch ja schon von dem großen Wiedersehen berichtet, also wenn ihr die Geschichte verpasst habt, lest sie schnell nach!) Jetzt ist das alles schon wieder fast eine Woche her, aber als Schülerpraktikantin im Aquarium darf ich das Signal von Wandas Peilsender mitverfolgen. Das ist so cool! Wir sehen immer ganz genau, wo die Delfine gerade unterwegs sind. Im Augenblick steuern sie anscheinend die Südküste von Long Island an. Also falls irgendjemand von euch in der Gegend wohnt, haltet doch mal die Augen offen. Und wenn ihr Wanda seht, sagt ihr liebe Grüße von ihrer Freundin Lily!

Catherine Hapka hat schon viele Bücher für Kinder und junge Erwachsene geschrieben. Sie lebt in Pennsylvania und liebt es, zu lesen, zu reiten, Musik zu hören, im Garten zu arbeiten und zu reisen.